KB118395

떠나지 못하는 여자

린다 B를 위한 진혼곡

L'ENTRAVÉE
by Ismaïl Kadaré

떠나지 못하는 여자 <small>린다 B를 위한 진혼곡</small>

L'Entravée
REQUIEM POUR LINDA B.
Ismaïl Kadaré

이스마일 카다레
장편소설
백선희 옮김

문학동네

유배상태로

태어나서 자라고

성년에 이른

알바니아 여인들에게

차례

1장

디브라거리 *끄트머리*에 다다를 때까지만 해도 그는 거의 아무 생각도 하지 않게 되었다고 믿었다. 스칸데르베그광장 북쪽의 티라나호텔을 마주하고서야 두려움이 깃든 다급한 마음이 엄습해왔다. 네거리만 건너면 당 위원회 앞이었다. 이젠 그러려고 해도 태연을 가장할 수 없었고, 거리낄 게 없다는 사실로 태연함을 정당화하려는 시도도 할 수 없었다. 이제 그의 앞에는 네거리 하나뿐이었고, 네거리의 폭이 아무리 넓다 해도 당 위원회가 이유조차 밝히지 않고 소환한 사람에게 그걸 건너기에는 시간이 너무 짧았다.

잃어버린 시간을 만회라도 하려는 듯 그는 다급한 마음으로 자신에게 골치 아픈 일을 초래할 소지가 있는 두 가지 문제를 짚어보았다. 공연 허가를 기다리고 있는 그의 최근 희곡작품, 그리고 미제나와의 관계.

아무래도 작품보다는 후자가 그를 더 불안하게 만들었다. 국립은행 부근에 이르렀을 때 두 사람의 마지막 다툼 장면이 생생히 떠올랐다. 그들은 그전에 싸웠을 때와 똑같은 지점, 그의 아파트에서 서가가 창문과 직각을 이루는 지점에 서 있었다. 거의 똑같은 말이 되풀이되었고, 눈물도 똑같았다. 얼마 전부터 그를 오싹하게 만들기 시작한 바로 그 눈물이었다. 그 눈물만 아니었더라도 아마 그는 이미 두 주 전에 둘의 관계를 끝냈을 것이다. 그리고 그녀를 자신이 뭘 원하는지도 왜 눈물을 흘리는지도 모르는, 살짝 정신 나간 미대 학생쯤으로 치부하고 말았을 것이다. 그녀가 눈물을 흘릴 때마다 그는 그 뒤에 감춰진 걸 알아내고 싶었다. 눈물이 무언가를 감추고 있다면 말이다. 그리고 그날은 이번이 마지막이리라는 확신이 들었다. 대체 무슨 일이야? 그가 목 쥔 소리로 외쳤다. 적어도 내가 알게 말 좀 해봐!…… 못해. 나도 몰라. 그렇게 그녀는 대답했다…… 정말 몰라? 마를레네 디트리히식의 그런 싸구려 대답이 당신은 재미있어? 내가 당신을 사랑할까, 사랑하지 않을까, 이런 거야?

그때 그는 이미 자기 자신을 주체하지 못하고 있다는 느낌이었다. 내 말 잘 들어. 당신은 전혀 복잡한 여자가 못 돼. 당신은 그냥…… 그는 아둔한 시골뜨기라고 말할 뻔했으나 참았다. 당신은 정신분열증 환자일 뿐이야…… 아니면…… 스파이……

그는 내뱉은 말의 반쪽을 삼키려고 애썼지만 이미 물은 엎질러진 듯싶었다.

아니, 하고 그녀가 응수했지만 생각만큼 퉁명스럽지는 않았다. 난 둘 다 아니야…… 좋아, 그렇다면 말해봐. 대체 넌 뭐야? 말해보라니까! 모른다는 소리는 제발 그만 좀 하고!

지금까지 살면서 두세 번 할 뻔했지만 한 번도 행동으로 옮긴 적 없었건마는 별안간 그의 손이 뜻밖에도 쉽게 그 짓을 행하고 있었다. 여자의 머리채를 움켜쥔 것이다. 쥐자마자 뜨거운 불이라도 잡은 듯 곧바로 손가락을 풀어 놓고 싶었다. 그런데 그의 손은 생각에 복종하기는커녕 조금 전 부드럽게 어루만졌던 그 예쁜 머리통을 서가 쪽으로 세차게 잡아끌었다. 여자의 머리핀이 바닥에 떨어져 깨졌고, 책 몇 권도 같이 떨어졌다. 휘둥그레진 그의 눈은 까닭 없이 그 책들의 제목만 연신 살피고 있었다. 『스콧 피츠제럴드』『알바니아와 코소보의 지명학』『플루타르코스』.

당 위원회는 이제 불과 사십오 초 거리에 있었고, 그 시간 동안 그는 그녀가 자신을 고발했더라도 상관없다고 생각했다. 그의 작품에 관계된 것보다는 그게 차라리 낫겠다 싶었다. 설령 '스파이'라는 용어가 붙은 고발일지라도.

그는 스스로를 고발 결과를 헤아려볼 능력도 없는 치유 불능의 명청이라 여기고 싶었지만, 이상하게도 한편으론 자신이 그결과를 두려워하기는커녕 바라는 것 같았다.

정문을 넘어서면서 그 이유를 깨달았다. 나쁜 일이 반드시 나쁜 결과를 낳는 건 아니라고, 이 고발이 성가신 문제를 초래할수는 있겠지만 적어도 서너 주 전부터 그를 괴롭혀온 사실이 드디어 밝혀지겠구나 싶었던 것이다. 그 여자의 수수께끼 말이다.

U자 모양의 탁자는 이미 알고 있었지만 그 자신이 그 꼿꼿한탁자 다리 뒤에 홀로 앉은 건 처음이었다. 탁자 중앙 너머엔 이등서기관과 낯선 사람이 자리하고 있었다. 아무 설명도 없는 이소환은 뭐지? 보아하니 물이나 커피를 주려고 부른 건 아닌 것같고, '번거롭게 해서 죄송합니다' 하는 분위기도 아니고, '창작은 잘돼갑니까?' 같은, 평소에도 아낌없이 퍼부어 짜증나는 빈말을 하려고 부른 것 같지도 않았다.

막연한 불안에는 어느 정도 자존심을 지키게 해주는 미덕이있지 않느냐고, 그의 친구 루칸 헤리라면 아마도 그렇게 말했을텐데, 불안한 마음에 그는 다시 몸을 곧추세웠다.

그의 생각을 읽기라도 한 것처럼 이등서기관이 불쑥 내뱉듯이르기를, 당에서는 극작가로서 그가 해온 작업을 높이 평가하는바 다른 사람 같으면 조사실에서 대답해야 했을 문제를 당 위원회로 소환해 묻고 있다는 사실이 그걸 입증해준다는 거였다. 말을 채 끝내기도 전에 아마도 그 기관에서 나온 모양인 낯선 사람을 향해 그가 고개를 돌렸다. 그자는 거의 미소까지 띤 낯으로 평온함을 과시하고 있었다.

"한 가지 밝혀야 할 일이 있습니다. 아니, 더 정확히 말하자면 두세 가지군요. 선생께서 협조해주시길 바랍니다."

"물론 그래야죠." 극작가가 대답했다.

제2막이야. 그는 생각했다. 유령의 출현. 실수는 대개 2막 끝에서 범해진다는 걸 그는 이미 깨달은 바 있었다. 그렇지만 평소처럼 극예술 심의회가 아니라 조사실에서 대답을 해야 할 이유가 뭔지는 파악할 수 없었다.

"미묘한 문제입니다." 판사가 말을 이었다.

"어쨌든 왜 내가 여기서 대답해야 하는지는 모르겠군요." 극작가가 말했다.

두 공무원은 서로를 쳐다보았다.

"작가 동지." 이등서기관이 말했다. "이미 설명했듯이 이건 당이 선생에게 보이는 존중의 결과입니다. 선생께서 조사실을 선호하신다면야……"

다른 남자는 당혹감을 감추지 않고 입술을 깨물더니 손으로 알 수 없는 신호를 그렸다.

조사실? 극작가가 속으로 되풀이했다. 그러니까 일이 벌써 그 지경까지 됐단 말이야?

"말씀하시죠." 그가 말했다.

판사는 잠시 기록을 들여다보았다.

"한 젊은 여성에 관한 일입니다." 그가 침착한 목소리로 극히 느릿느릿 입을 뗐다.

아, 그러니까 다른 문제였군. 그가 읊조렸다. 극장이며 붉은 벨벳 의자, 조용한 관객, 그리고 "작가님, 작가님!"을 외치는 환호 섞인 기나긴 박수갈채. 그러니까 이 무엇도 위태로워지지 않을 거라는 의미였다. 그가 곧 질책당할 일은 다른 문제 때문인 것이다. 섬광처럼 불현듯 가슴골과 까닭 모를 눈물이 연거푸 떠올랐다.

씁쓸히 생각해보니 아무래도 그 여자는 뭔가 문제가 있다는 걸 쭉 알고 있었던 모양이다. 어쨌든 끝이 좋지 못하리라는 걸.

"이 여자를 아십니까?"라고 물으며 판사가 무언가 다른 한마디를, 아마도 그녀의 이름인 듯한 말을 덧붙였으나 그는 자기 문제에 치여 집중하지 못했다. 왜 그 여자는 나쁜 일을 예감했는데 넌 못한 거야? 그는 자신을 나무랐다.

"그러니까 아신다는 말이군요." 판사가 서류를 살펴보며 말했다.

설명할 길 없이 사그라든 듯한 분노를 다시 끌어모으려 애쓰며 그는 고개를 끄덕였다. 그래서 뭐가 문젭니까? 그는 맞받아치고 싶었다. 그게 무슨 범죄라도 된답니까? 예전 같으면 그런 관계는 당연히 단속대상이었다. 빈틈없는 도덕성을 본보여야 할 사람들이 그런 관계를 가졌다면 더더욱 그랬다. 그러나 이미 언젠가부터 사정이 달라졌다. 추문이 일거나, 집안이 요절났거나, 그런 집안 사람들과 관계를 맺었거나 하는 게 아니라면. 혹은 해당 여성이 고소한 경우가 아니라면 말이다.

미제나가 무슨 고소를 한 것인지 궁리해보기 전에 그는 자신이 서가 근처에서 "스파이"라는 단어까지 섞어가며 난폭하게 굴었던 일을 다시 떠올렸다. 틀림없이 다른 무엇보다 그 말이 여자에게 상처를 주었을 것이다. "스파이"라는 말을 분명 하셨지요, 아닙니까? 정확히 어떤 의미인지 알고 싶습니다. 누구를 위해 일하고 누구를 적으로 삼는 스파이이라는 겁니까? 우리 국가가 스파이를 활용한 사실이 없다는 건 선생도 모르지 않을 텐데요…… 상대의 질문을 기다리기도 전에 그는 그 재수없는 말을 한 것을 후회하며 이미 대답을 준비하고 있었다. 유감스러운 정치적 함의를 미처 생각지 못한 채 튀어나온 말이었습니다. 그저 화가 치밀어, 살면서 늘상 험담을 퍼뜨리는 사람들을 두고 한 말이었어요.

"두 사람의 관계가 어떤 성격의 것이었는지 물어도 괜찮겠지요." 조사실의 남자가 말했다.

"그럼요." 극작가는 여자가 세부사실을 말하지 않았다는 사실에 안도하며 대답했다. "감출 건 없습니다. 그러니까, 애정관계였죠. 아니, 애정관계죠. 사람들이 연애관계라고들 하는 그런 관계 말입니다."

"아, 그러세요?" 상대가 말했다. "그러니까 만남과 그다음에 이어지는 그 모든 일을 포함해서 애정관계였단 말이죠……?"

"네." 극작가가 확인했다.

이등서기관과 판사는 놀라움을 감추지 않은 채 서로를 쳐다보았다.

"못 믿을 일이라도 있습니까?" 극작가가 말했다. "흔히들 그러듯 나는 그 여자를 모른다고, 한 번 본 적도 없다고 부인한다면 의심을 키울 수 있겠지요. 하지만 저는 아무것도 감추고 싶지 않습니다. 그 여자와 관계를 맺고 있다는 걸 고백합니다. 말마따나 애정관계죠. 여기에 무슨 문제가 있습니까?"

두 사람의 시선이 그에게 꽂혔다.

"그러니까 내 말은, 이 일이 무슨 사건이라도 될 게 있느냐는 겁니다."

물론 자랑할 거리도 못 되지만. 하마터면 그는 이 말을 덧붙일 뻔했다. 그때 갑자기 알바나의 이미지가 번쩍하고 떠올랐다.

세상에! 어떻게 이런 걸 깜빡할 수 있었을까? 오늘 아침만 해도 머릿속을 온통 사로잡고 있던 것이 어떻게 깡그리 증발할 수 있었지?

"혹시 알고 계신가요……?" 그가 머뭇거리는 목소리로 말했다. "저……"

아마 그들은 알고 있었을 것이다. 얼마 전부터 그가 어느 여자 의사와 함께 살고 있으며, 오스트리아로 넉 달간 연수를 떠날 기회를 그녀가 붙잡지 않았더라면 틀림없이 두 사람은 올여름에 결혼했을 것이라는 사실을 저들이 어떻게 모를 수 있겠는가. 수면기술, 더 정확히 말하자면 의학용어로 마취기술의 개선에 관한 연수였다. 그는 쓸데없이 세부적인 사실로 들어가고 있는 것은 아닌지 생각했다. 아마 누구에게도 필요하지 않을 하찮은 얘기겠지…… 그렇지만 어쩌면 이 하찮은 사실들이 무언가를 밝혀줄지도 몰랐다. 이 상황에서 일을 복잡하게 만든 일종의 원인이라 할 여자의 오랜 부재를 말이다.

이 설명을 끝까지 이어가기는 쉽지 않았다. 그는 조금 시도하다가 결국 포기하고, 다른 어떤 말보다 되풀이하고 싶지 않았을 말에 다시 이르렀다. 여기에 무슨 문제가 있습니까? 당 서기관의 눈썹이 찌푸려졌다.

"한 가지 문제가 있죠." 그가 서류를 다시 뒤적이며 대답했다. "우리 정보에 따르면, 그 여자는 티라나에 발을 들여놓은 적이 없습니다."

극작가가 웃음을 터뜨렸다.

"죄송하지만 그 점은 제가 더 잘 알 만한 입장에 있다고 생각하는데요."

이번엔 판사가 웃을 태세였다.

"우리도 우리 일에 대해 조금은 압니다."

"물론 그러시겠지요. 그런데 저로선 영문을 모르겠군요. 이 이야기에는 뭔가 이상한 점이 있습니다. 당신들은 한 여자에 대해 물어보려고 절 소환했습니다. 저는 그 여자와의 관계를 인정했고요. 그러자 그 여자가 티라나에 발을 들여놓은 적이 없으니 이 관계가 불가능했을 거라고 지적하시는군요. 뭐, 저도 그렇다고 인정하고 싶긴 하지만요. 그렇다면 이렇게 물어도 되겠습니까? 절 왜 소환하셨습니까?"

"차근차근하게 다시 짚어봅시다." 이등서기관이 말했다. "오해가 있는 것 같군요. 어쩌면 서로 다른 사람 얘기를 하는 게 아닐까요?"

판사는 계속 서류를 뒤적이고 있었다. 두 사람은 판사가 찾던 것을 찾아냈다 싶을 때까지 눈길로 그의 동작을 좇았다.

"이걸 알아보실 것 같습니다만." 그가 극작가에게 책 한 권을 내밀며 말했다.

극작가는 짜증난다는 듯 고개를 뒤로 젖히며 말했다.

"물론이죠. 헌사와 제 서명도 알겠습니다."

그의 눈이 한순간 글자 위에 머물렀다. '린다 B에게, 저자의 추억을 담아.'

"헌사도 서명도 제 것이 맞습니다. 그런데 여자의 이름은 모르겠군요."

"그것 보세요!" 판사가 말했다.

이런. 극작가는 생각했다. 그 B자와 관련해서 무언가가 기억에 떠올랐다.

"저야말로 하고 싶은 소립니다!" 그가 짜증을 감추지 않고 외쳤다.

"우리가 서로 다른 사람 얘기를 하고 있었던 겁니다." 이등서기관이 다시 말했다.

극작가는 스스로에게 화가 치밀었다. 전혀 그럴 필요가 없었는데 자기 비밀 하나를 털어놓았던 것이다. 이런 멍청이 중에 멍청이가 있나! 그가 자책했다. 다른 무언가가 떠올랐다. 낯모르는 여성 독자가 티라나로 오지 못하는 상황. 독자는 이동을 할 수 없는 처지다⋯⋯ 그의 친필 사인을 받고 싶은데 직접 청할 수가 없다……

"이해를 못하겠군요." 그가 말을 이었다. "당신들은 당 위원 회로 날 소환해서 어떤 여자와 애정관계를 맺고 있는지 묻고, 난 바보처럼 당이 관심을 가질지도 모른다고 생각하고서 사생활을 드러내 보였습니다. 그런데 당신들은 그 여자가 티라나에 발을 들여놓은 적이 없으니 내 애인이 될 수 없다고 하지요. 그래서 난 더 무슨 대답을 해야 할지 모릅니다. 그러더니 이번에는 내가 모르는 다른 여자에게 서명해준 책 한 권을 보여줍니다. 그러니 또다시 나는 내 잘못이, 내 범죄가 무언지, 아니면 그 밖에 뭐가 문제인지 알 수가 없네요."

"서두르지 맙시다." 이등서기관이 말을 잘랐다. "오해가 있 었던 건 사실입니다만 나쁜 의도는 전혀 없었습니다…… 그렇 지만 선생이 이 책을 '저자의 추억을 담아'라는 말로 서명해서 준 여자에게 한 가지 문제가 있다는…… 정확히 말하자면 문제 가 있었다는 걸 알려드려야겠군요. 그것도 꽤 큰 문제가 말이지 요……"

극작가는 몸속이 텅 비는 느낌이었다.

"그게 무슨 문제인지 알 수 있습니까?" 그가 웅얼거렸다.

"물론 알 수 있지요." 상대가 답했다. "알 수 있을 뿐 아니라 아셔야 합니다. 그 여자는 유배상태입니…… 아니, 유배상태였습니다."

이거야. 극작가가 속으로 생각했다. 그는 동사의 놀라운 사용에 관해, 현재와 과거라는 두 가지 다른 시제의 사용에 관해 물어보고 싶었다. 그러나 갑작스러운 피로감이 몰려와 말할 의욕을 몽땅 꺾어놓았다. 티라나에 오는 게 불가능했다…… 그런 속박이라……

잠깐 동안 공허가 온몸으로 빠르게 퍼지는 기분이었다. 어디선가 추시계가 울렸지만 아주 멀리서였다.

그래서? 추시계에 대답하듯 그가 속으로 혼잣말을 했다.

2장

그래서? 그는 같은 말을, 그러나 이번에는 아주 침착하게 되풀이했다. 이 이야기와 내가 무슨 상관이 있지? 난 수십 권의 책에 사인을 했고, 대개는 모르는 사람들에게 했다. 살인자가 그중 하나를 자기 가방에 갖고 있을 가능성도 배제할 수 없다. 그 살인자가 감옥에 들어가기 전이나 아니면 그후라도 사인을 했을 가능성 또한 배제할 수 없다. 뻔한 얘기잖아. 우리 삼촌을 위해, 제 약혼자를 위해 이 책에 사인을 좀 해주시겠습니까…… 티라나로 오지 못한 한 친구를 위해……

골절이라도 된 것처럼 갈비뼈 아래가 쑤셨다.

"그 책 좀 다시 살펴봐도 되겠습니까?" 그가 판사를 향해 말했다.

그는 왼손으로 책을 폈다. 오른손이 떨리는 것 같았기 때문이다. 그의 눈길이 자기 글씨에 꽂혔다. 틀림없이 그날이었다. 요전 작품의 첫 공연이 끝난 뒤 극장에서. '린다 B에게, 저자의 추억을 담아. 6월 12일.'

그가 앉아 사인을 하는 책상 앞에 늘어서 있던 관객의 줄이 눈부실 정도로 환하게 기억에 떠올랐다. 그 대열 중 밤색 머리의 어느 예쁜 여자에게 그의 눈길이 집요하게 쏠렸다. 그는 왠지 모르게 헌사를 쓰는 속도를 높였다. 어쩌면 예쁜 여자들이 흔히 그러듯이 저 낯선 여자가 이런저런 이유로 마음이 바뀌어 대열을 떠날까 겁이 났던 건지도 모른다. 여기 오지 못한 친구를 위해…… 해주실 수 있으세요?

그는 고개를 들지 않고도 그녀라는 걸 직감했다.

목소리는 부드러웠다. 여자가 탁자 위로 몸을 숙이는 바람에 그 긴 머리카락이 그를 스칠 것 같은 느낌이 들었다…… 그녀는 린다라는 이름을 댔다. 린다 B라고 써주실 수 있으세요? 뭐라고요? 잘못 들은 줄 알고 그가 물었다. 린다 B요. 여자가 거듭 말했다. 그렇게 써주길 그녀는 바랐다. 그가 쓰는 동안 머리 위에서 여자의 목소리가 다시 들렸다. 제 친구가 아주 기뻐할 거예요. 선생님을 정말 좋아하거든요. 그가 책을 내밀자, 여자는 유혹적인 눈을 그에게서 떼지 않은 채 덧붙여 말했다. 저도 그렇고요.

그러곤 그가 미소를 보낼 틈조차 주지 않고 돌아섰다.

극작가는 판사에게 책을 돌려주며 무덤덤하게 말했다.

"적힌 날짜를 보니 확실하군요. 말씀드렸듯이 어떤 작품의 첫 공연이 끝난 뒤였어요. 다른 건 전혀 기억나지 않습니다."

하지만 그는 이후 그 B자와 관련해서 그녀와 나중에 주고받은 말도 기억해냈다. 친구 이름에 붙은 그 B는 무슨 뜻이었지? 아, 그건 우리 둘만의 비밀이었어. 여자는 대답했다. 미게니*의 유명한 시 「B양에게」에서 따온 거야.

그는 다시 한번 아무것도 기억나지 않는다는 의미로 고갯짓을 했다.

계속해서 진정성을 과시하진 말자고 결심하자마자 곧바로 침착해져서 그 스스로도 놀랄 지경이었다. 누구도 진정성을 받을 자격이 없잖아. 그는 생각했다. 물론 앞에 앉은 두 사람부터가 그렇다. 그러나 그들만이 아니다. 모두가 그렇다! 그의 애인도 마찬가지다. 다른 모든 사람이 그렇듯 어쩌면 그 수수께끼의 유배자, 그녀도 다르지 않으리라.

그도 그들처럼 되어야만 했다. 어쩌면 그것이 유일한 구원의

---

* 미게니는 20세기 초 활동한 알바니아의 작가로, 정치적 폭압에 맞서 비판적인 시를 썼다. 「B양에게」는 그가 흠모한 여성에게 쓴 시다.

길이었다. 네 약점이 어떤 것이건 빗장을 걸어잠가. 그들이 문을 두드리고 애원하고 괴물이라고 고함치며 저주를 퍼붓든 말든. 당신들이 어떤 존재건 난 내 눈에 좋아 보이는 존재로 남을 테다. 스핑크스로.

다시 그를 엄습해온 분노는 이제 다른 색조의 것이었다. 그는 미제나를 떠올리며 속으로 생각했다. 그녀가 조금 더 솔직했더라면 좋았을 텐데. 자기 친구가 유배상태라는 걸 잘 알면서도 그녀는 헌사를 부탁하면서 아무런 가책을 느끼지 않았다…… 그녀가 떠나고 난 뒤 마지막으로 바닥에 잔뜩 널린 책을 집어들기 위해 서가로 다가가면서 그는 수치스러웠다. 분노가 순식간에 그를 덮쳤다. 책들이 떨어지면서 제목만이 아니라 그 내용까지도, 마치 지진이 일어나 허물어진 것처럼 보였다. 특히 『지명학』이 그랬다. 지역과 샘과 오솔길 이름들이 끊임없이 무너져내렸다. 뻐꾸기언덕, 세우물망루, 제카덧, 구렁, 까마귀, 불길한 벼랑…… 음산한 명칭이 많기도 하네. 그는 생각했다. 근래만 봐도, 이 장소들만큼 공포를 불러일으키는 신원이나 이력을 가진 이승의 장소는 어디에도 없었다. 끝도 없이 이어지는 함정, 덫 등등……

여기 이 위원회 사무실에 온 지 정확히 얼마나 되었을까? 멍청한 꼴로 이곳에 들어온 게 언제인지 알 수나 있을까? 그의 눈이 벽시계에 가 붙박였다. 중국과 맺은 우호의 유물이었다. 시계는 열시 이십칠분을 가리키고 있었다. 말도 안 돼. 그는 생각했다. 이곳에 있은 지 족히 몇 시간은 되었으리라고 장담했던 것이다. 자나오솔길. 배신의 고개. 늑대. 미제나를 심문한 걸까? 그게 아니라면 언제나 모든 걸 아는 저들이 유배당한 여자의 친구가 누구라는 걸 어떻게 몰랐을까?

그런 의심을 품는 것이 부끄러웠지만, 그녀가 여기 있는 것과 똑같은 탁자에 앉은 모습을 상상 못 할 것도 없었다. 작가의 서가에서 어떤 책을 보았나? 적어도 몇 권은 기억할 것 아냐…… 서가에 제 머리가 부딪힐 뻔했을 때 떨어진 책들 말인가요?…… 흠, 아니, 꼭 그것만 얘기하는 건 아니고. 더 정확히 말하자면 그 책들도 해당되지만 다른 책들까지. 그 사람 책 전체를 말하는 거야. 그 집에 여러 번 갔으니 틀림없이 보았을 거 아냐…… 사실 제목 몇 개가 생각나긴 하는데 대부분 제가 모르는 작가들이었어요. 예를 들면 피카소에 관한 책이 생각나요. 제 기억이 맞는다면 아마도 하이데거 바로 옆에 꽂혀 있었죠. 다른 건 처음 보는 것들이었어요.

그러니까 말해, 대체 무슨 일이야?

이번에는 자신의 질문들이 떠올랐다. 판사가 했을 법한 질문과 똑같은, 두 사람이 마지막으로 만났을 때 그가 던진 질문들이었다.

뭔가 당신을 괴롭히고 있어. 이미 여러 번 얘기했잖아. 그러니 말해봐, 무슨 일이야? 당신 우는 걸 견딜 수가 없어. 당신이 누군지 모르겠다느니, 당신이 나의 왕자인지 다른 여자의 왕자인지 모르겠다느니, 이런 알쏭달쏭한 소리도 견딜 수가 없다고.

이제는 그 질문들을 내가 던져야 할 판이군. 그는 생각했다. 당신은 누구 거지? 나의 공주야, 아니면…… 당의 공주야?

그 와중에도 연민이 틈을 비집고 고개를 내밀었다. 어쩌면 그가 부당하게 군 건지도 모른다. 그녀 역시 괴로워했는지도 모른다. 저 사람들이 며칠 동안 그녀를 심문했고, 그 모든 눈물과 한숨이 바로 그것 때문이었는지도. 그를 배신하느냐 마느냐 하는 망설임 말이다.

한 계절 전부터 으르렁대온 천둥인 양 억눌린 기침소리가 들렸다. 그가 긴 침묵을 끝내야 한다는 신호인 게 분명했다. 저들이 그를 봐준 건 처음에 말했듯이 존중을 표하기 위해서였지만 그것이 무한히 지속될 수는 없었다.

다른 여자, 유배상태의 여자가 배신자일지 모른다는 사실도 배제할 수는 없었다. 네가 티라나에 자주 가니까 책에다 사인을 좀 받아다줘. 갖고 싶어…… 아니면 두 사람 중 어느 쪽도 아닌지 모른다. 어쩌면 제삼의 여자가 있는 걸까?

잃었던 정신을 차리듯 그가 고개를 다시 들었다. 그의 눈에는 여러 지명을 접했을 때처럼 불길한 기색이 서려 있었다. 불길한 눈길. 지명학 책에서 본…… 피츠제럴드가 떨어지고 바로 다음에 떨어진 것이 그 지명학 책이었다.

그에게서 눈을 떼지 않고 있던 사람의 정체를 아는 게 무슨 도움이 되겠는가? 조금 전에도 말했듯이 그건 그가 상관할 문제가 아니었다. 악당의 가방 속에도 그가 서명한 책이 얼마든지 들어 있을 수 있었다…… 게다가 이런 일로 공격당하는 것이 처음 있는 일도 아니었다. 저들이 그의 작품을 금지시키려고 핑계를 찾는 거라면 얼마든지 그러라고 내버려둘 일이었다. 그러나 그를 이런 식으로 요리할 건 아니었다.

전에도 그랬듯이 그는 이런 생각을 절반만 표현했다. 그 절반만으로도 서기관의 얼굴은 다시 어두워졌다. 그렇지만 그의 찌푸린 표정에 무언가 달라진 게 있는 것 같았다.

"문제는 그게 아닙니다." 당의 사람이 낮은 소리로 말했다. 이윽고 잠시 침묵하더니 그가 덧붙였다. "사건이 복잡합니다. 보기보다 훨씬 복잡해요. 처음에 말씀드렸듯이 당은 예전과 변함없이 선생을 신뢰하고 있습니다. 다만 우리가 얘기하고 있는 여자가 자살한 게 문제죠."

루디안 스테파는 아랫입술을 깨물었다. 망연자실한 얼굴로 그는 생각했다. 저 어색한 표현…… 현재시제로 말했다가 죽음의 시제로 말했다가 하는군.

"안타깝군요. 슬픈 이야깁니다." 그가 말했다.

"그렇게 단순하지가 않아요." 이등서기관이 다시 말했다. "과거에도 그랬지만 현재에는 더더욱, 자살이 다른 각도로 보일 수 있다는 건 아마 잘 아실 겁니다."

지치고 단조로운 목소리로 그가 말을 잇기를, 이미 알고 있겠지만 알바니아 역사를 통틀어 가장 대규모로 진행된 음모소탕의 계기였던 총리자살사건* 이후 당국은 아무리 평범해 보일지라도 모든 자살 뒤에 감춰져 있을지 모르는 것을 추적해왔다는 거였다.

"자살을 통해 종종 메시지를 전달하기도 한다는 건 알고 계시겠죠." 그가 말을 계속했다. "체코슬로바키아의 얀 팔라흐의 경우도 그렇고, 아니면 저보다 더 잘 아시겠지만 슈테판 츠바이크 때처럼 말이죠. 이런 일이 우리나라에서도 일어나지 말라는 법

---

* 1981년 12월 당 서기장 엔베르 호자의 총애를 받던 후계자 메메트 세후가 사망한 사건. 당의 공식입장은 신경쇠약으로 인한 권총자살이었으나, 그 진위는 여전히 의문으로 남아 있다. 사건 직후 세후는 스파이로 몰려 유해가 황무지에 버려졌고 유족들은 체포되었다. 이 사건을 소재로 카다레는 장편소설『누가 후계자를 죽였는가』(2003)를 썼다.

은 없지요."*

"그 여자가 이 나라의 유서 깊은 가문 출신이라는 사실은 고려하지 않더라도 말입니다." 판사가 끼어들었다. "군주제 시절의 옛 왕실 측근 집안이죠. 그 일부는 여기 남아 있고, 다른 일부는 국경 너머에 있습니다. 이런 이유 때문에 심리가 길어질지도 모릅니다."

극작가는 무슨 말을 해야 할지 알지 못했다.

"단지 책 때문만은 아닙니다. 여자의 일기에 선생의 이름이 자주 나옵니다." 이등서기관이 말했다.

"아, 네." 달리 할말을 못 찾고 극작가가 중얼거렸다.

"이런 이유로 우리가 선생을 소환한 겁니다." 서기관이 말을 이었다. "떠오르는 게 있거나 심리에 도움이 될 뭐라도 기억날 경우를 생각해서 제 전화번호를 드리겠습니다. 언제든 들르세요. 당의 문은 선생께 활짝 열려 있습니다."

"알겠습니다. 물론이죠." 극작가가 말했다.

그들에게 손을 내밀려다가 그는 마지막 질문을 누구에게 던져야 할지 모르겠다는 듯 이쪽저쪽을 번갈아 쳐다보았다.

---

* 얀 팔라흐는 1969년 1월 소련침공에 맞서 바츨라프광장에서 분신자살을 하는 것으로 '프라하의 봄'을 열었고, 유대계 오스트리아 작가 슈테판 츠바이크는 나치의 탄압에 회의하다 1942년 아내와 자살했다.

"그 일이 언제 일어났는지 알 수 있을까요?"

판사가 잠시 생각하더니 말했다.

"나흘 전입니다. 오늘까지 치면 닷새째죠."

3장

"나흘 전, 오늘까지 치면 닷새째." 미제나와 마지막으로 만난 저녁, 그들이 싸운 그날 이후로 며칠이 흘렀는지 기억해내지 못한 채 그는 젊음의 공원을 따라가며 혼잣말을 했다.

나흘이 지나고 닷새째가 된 것 같기도 했다가, 또 전혀 그렇지 않은 것 같기도 했다.

그는 다이티호텔 맞은편 대로에 서 있었다. 그곳에 들어가 낯선 손님들 틈에서 커피나 한잔 마실까 하는, 어느 때보다 엉뚱해 보이는 생각이 떠올랐다. 아무렇지도 않은 것처럼 굴지 말자고 그는 생각했다. 친구들끼리 '다이티 테스트'라고 부르는 것을 생각해낸 건 루칸 헤리였다. 기분이 썩 좋지 않은 상황에 다이티호텔 앞을 지나갈 때 호텔 안으로 향하는 걸음이 잠깐이라도 주춤

거린다면 폼 잡는 걸 그만두라. 스스로 자신감이 없다는 걸 인정하라. 더 원색적인 표현을 쓰지 않고 말하자면 그렇다.

옆의 미술 갤러리는 문이 닫혀 있었다. 길 건너편의 작가클럽에서는 정반대의 테스트를 할 수 있었다. 감옥에 들어갈 후보들마다 추락이 가까울 때면 그곳 출입이 잦았다. 놀라울 정도로 정확했다.

열한시였다. 그는 극장 입구에 멈춰섰다. 오래된 포스터들이 뜯겨나간 자리를 다른 포스터들이 아직 채우기 전이었다. 티라나가 이렇게 황량해 보인 적이 없었다.

석 달 전 그곳에서 첫 공연의 흥겨운 소란 가운데 저자 사인회를 치렀다는 것이 믿기지 않았다.

사인회를 마치고 일주일 후에 미제나가 그에게 전화를 걸어왔다. 여보세요, 저는 미술대학 학생입니다. 귀찮게 해서 죄송합니다만 지난번에 제가 친구를 위해 사인을 부탁드렸는데, 아마 기억 안 나시겠죠?

그는 아주 잘 기억하고 있다고 대답했고, 그 말이 전화선 반대편 여자의 재잘거림에 활기를 불어넣었다. 친구가 책을 받고 정말 좋아했다. 상상할 수 없을 정도로 행복해했다. 물론 자기도 행복했다고 말했다.

마흔여덟 시간 뒤 첫 만남에서 그가 처음 한 말은 그녀의 친구에 관한 것이었다. 다음번에는 원한다면 같이 와도 좋다고 말하자 뭔가가 그녀의 눈을 굳게 만들었다. 친구가 정말 행복해하겠지만 지금은…… 그럴 수 없다고 그녀는 말했다. 이해합니다. 그는 대답했다. 특별히 이해한 것도 없었지만. 젊은 여자가 수도로 오는 걸 가로막을 이유야 많지 않겠는가.

등뒤에서 인기척이 느껴졌다. 그러더니 낯선 목소리가 들려왔다. 이번 주에는 공연이 없나요? 보다시피. 그가 돌아보지도 않고 대답했다.

그는 버텼지만 발이 그를 방금 떠나온 방향으로 이끌었다. 작가클럽 쪽이었다. 될 대로 되라지. 그는 혼잣말을 했다.

들어서면서 그는 클럽 홀이 황량하다는 인상을 받았다. 그러곤 자리에 앉으려는데, 반대편에 누군가 아는 사람이 있다는 느낌이 들었다. 인사를 하려 했으나 상대는 그를 보지 못했거나 그런 척했다. 말 섞고 싶지 않다 이거지. 그럼 말든가. 돌아서서 자리에 앉으며 그는 생각했다. 저 인간을 두고 밉상이라고들 하는 것도 괜한 소리가 아니야. 그 보잘것없는 책 『거대한 돌풍의 겨울』을 출간한 뒤로는 특히나 그렇지.

그는 그 작자 생각을 더는 하지 않으려고 애썼다. 다만 자기가 있는 자리에서 그런 얼굴을 할 건 없지 않느냐는 말만은 꼭 해주고 싶었다. 그 작자가 생각해낸 전위적인 세포조직, 아마도 훼손

되었거나 아니면 완전히 망가졌을 그 전위세포조직 얘기 때문에 루디안은 두세 차례 고초를 겪을 뻔했다.

머리카락을 쥐어뜯을 만한 일이었다. 예술혁신을 창출하는 전위세포조직 이야기 말이야, 그것 자네한테서 나온 거지? 어느 날 루칸 헤리가 물은 적이 있었다. 루디안이 아니라고 고개를 젓자 그는 거대한 비인지 거대한 고독인지를 쓴 다른 작자, 최근 들어 사람들이 루디안과 혼동하는 경향이 있는 그 인물에게서 나온 게 틀림없다는 얘기를 덧붙였다.

맘대로 해보라지. 이렇게 혼잣말을 하고 그는 다시 여자를 생각했다.

언제나처럼 클럽 안에서 그가 다시 떠올린 미제나의 경직된 눈길은 어느 때보다 완고하게 여겨졌다. 그동안 어떻게 그 눈길을 그렇게 과소평가할 수 있었을까? 그는 그녀의 말에 귀를 기울이는 대신 어서 키스하고 싶은 예쁜 입술에만 온 관심을 기울였다. 그러나 여자의 눈길은 그가 입맞춘 후에 다시 경직되었고, 심지어 참으로 달콤했던 그녀의 입맞춤 후에도 그랬다. 그는 무슨 일인지 여자에게 묻고 싶었다. 약속을 지키지 않아 괴로워하는 너무 순진한 상대에게 하듯 조금도 흥분하지 않고 다정하게 묻고 싶었다.

그후에 그가 놀란 건 여자의 순진함이 아니라 자신의 순진함 때문이었다. 특히 며칠 후 옷을 벗기 전에 그녀의 차가운 눈길이 그의 어깨 위로 쏟아졌을 때, 혹시 그녀가 아직 경험이 없는 건 아닐까 하는 의구심이 뇌리를 스쳤을 정도로 그는 순진했다.

여자는 모호하게, 그렇다거나 아니라거나 하는 대신 가정법 문장으로 대답했다. 행여 그렇더라도 나한텐 아무 문제가 되지 않아. 그러면서도 그녀는 여전히 불안해 보였다. 정사를 나눈 뒤에도 상태가 안정되기는커녕 오히려 더 나빠졌다. 그녀는 한동안 베개에 얼굴을 묻고 있었다. 어깨가 점점 흐느낌으로 들썩이지 않았더라면 살짝 잠들었나보다 했을 것이다. 그가 얼굴을 보려고 몸을 돌리려 했지만 여자는 벗은 팔로 베개를 꽉 붙들고 있었다.

그는 다시 무슨 일이냐고, 그러나 이번에는 덜 조심스럽게 물었다. 그녀가 경험이 없지 않다는 건 이제 확인되었다. 그렇다면 대체 왜 그러는 걸까? 바보처럼 어떤 남자에게 정절을 약속했던 걸까? 아니면 대체 왜 저런단 말인가?

"아니"라고 전하는 머리카락의 움직임에 이어 그녀가 마침내 몇 마디를 뱉어냈다. 정절이니 그따위 바보 같은 얘기 때문이 아니라 전혀 다른 문제라고.

나 원, 말장난까지 하네. 그는 생각했다.

"그게 뭐냐니까?" 그가 차갑게 물었다.

대답은 뜻밖이었다. 그가 모르는 편이 낫다는 것이다.

"나 원." 루디안이 똑같은 말을 이번에는 큰 소리로 했다.

늘 그렇듯이 정사를 나눈 직후 그의 생각은 최근 들어 그를 사로잡은 일에 쏠려 있었다. 그의 작품 공연이 다시 연기된 일이었다. 그는 여자에게 이렇게 말하고 싶었다. 우리가 서로 알게 된 첫 공연이 끝난 뒤 극장의 열띤 분위기 생각나? 그런데도 이번 작품은 상연이 두 번씩이나 마지막 순간에 연기되었단 말이야. 그런데 당신은 무슨 멍청한 일 때문인지 몰라도 훌쩍거리고 있잖아!

그는 손에 머리를 괸 채, 자신의 명성에 어울린다고 여기는 초연한 태도로 그녀의 맨어깨를 꽤 오랫동안 무심히 지켜보았다. 어떤 낌새를 알아차린다는 건 상상조차 못할 일이었다. 미지의 그 다른 여자에 대한 얘기는 언제나 우연하게, 진지할 것 없는 가벼운 어조로 오고갔기 때문에 더욱 그랬다.

당신 친구는 언제 소개해줄 거야?…… 글쎄. 정말 만나보고 싶어?…… 안 될 것 없잖아? 언제부턴가 그 친구 얘기는 안 하네…… 아마 무슨 말을 할지 몰라서인가봐. 정말 무슨 얘기를 해야 할지 모르겠거든…… 다만…… 다만?…… 다만 그 친구가 나보다 더 예쁘다는 것 말고는!…… 그래?

커피에서 신맛이 나는 것 같았다. 미제나를 사로잡은 번민은 사라지기는커녕 점점 더 이해하기 힘들어졌다.

"여기 커피 딴 제품으로 바꿨어요?" 그가 보이에게 물었다.

보이는 어깨를 으쓱했다.

두세 차례 그는 만날 때마다 눈물바람으로 끝나야 한다면 다시는 안 보는 게 좋겠다고 아주 차분하게 말했다. 그러면 그녀의 눈길이 그 어느 때보다 슬퍼졌다. 당신이 원하는 건 뭐든 얘기해. 그렇지만 그건 안 돼. 그녀는 웅얼거렸다. 절대로, 알아들어? 절대로!

"같은 커피입니다." 종업원이 잔을 가져가며 말했다. "베트남 커피."

그는 자기와 아무 상관 없는 일이라고 믿었다. 아마 끝내 밝혀내지 못할 거라고는 생각했지만, 여자의 자살을 맞닥뜨리게 되리라고는 짐작조차 못했다.

"한 잔 더 드시겠습니까?" 종업원이 물었다. "덜 진하게 하면 다른 맛이 나는데요."

"됐습니다." 루디안이 대답했다. "가야겠어요."

일어서면서 그는 자신이 앉았던 구석 맞은편의 그자가 인사를 하려 한다는 느낌을 받았다. 루디안은 못 본 척했다.

극장 입구 앞 포스터 게시판은 여전히 비어 있었다. 모르는 편이 차라리 나아. 맥락에서 완전히 벗어난 이 생각이 느닷없이 떠올랐다. 그런데 내가 모르는 것이 뭘까? 예술 심의회에서 얘기될 것이거나 그사이 이미 얘기되었는데 나만 아직 모르는 무언가가 아닐까? 틀림없어. 그는 생각했지만 곧 그 말이 다른 사람이 했던 말이라는 사실을 떠올렸다.

뭘 모르는 게 낫다는 거야? 그가 속으로 외쳤다. 이제는 여자보다 자기 자신이 더 원망스러웠다. 정사를 나눈 뒤 베개를 벤 채 그가 완전히 무심하게 들었던 그 말은 차라리 속내이야기에 가까웠다.

대체 무얼 모르는 게 낫다는 거지? 조사실에서 그에 대해 캐물었다는 것? 그가 쓰려고 계획하고 있는 새 비극에 대해 물었나? 아니면 그를 배신할 생각을 했다는 가책? 아니면 뭐지?

중앙의 벽시계가 머리 위에서 울렸다. 열두시인 모양이었다. 도망쳐봤자 소용없어. 내가 결국엔 당신을 찾아내고 말 테니. 그는 생각했다.

숨어봤자 소용없다고…… 그가 곧 덧붙였다.

벽시계의 종소리를 피하려는 듯 그는 돌아나왔다. 다이티호텔 입구에서 잠시 망설였다. 계단을 오르자 주위의 모든 것이 별안간 어두워지는 것 같았다. 그는 프런트 직원들이 지켜보는 가운데 홀을 성큼성큼 가로질렀다. 바 문 너머, 탁자가 제 발로 마중 나온 듯 보일 때까지.

자리를 잡고서야 그는 바가 반쯤 비어 있다는 걸 알아차렸다.

당신과 당신의 수수께끼…… 일종의 몽롱함에 사로잡힌 채 그는 생각했다. 그러나 곧 정신을 차리면서, 그는 한 가지 발견을 한 것 같았다. 미제나Migena라는 이름과 에니그마enigma(수수께끼)라는 말이 그의 기억 속에서 날아오르더니 하나가 되려는 듯했다. 처음 생각처럼 완벽한 애너그램은 아니었지만 거의 완벽했다. 미제나, 에니그마. 그는 속으로 거듭 되뇌었다. 그러다 더 분명히 하기 위해 메뉴판의 '에스프레소 커피' 맞은편에 글자를 적어보았다. 확실했다. 애너그램이 맞았다. 미제나 이름의 여섯 자를 다르게 배열하면 에니그마가 되었다.

4장

　이레, 오늘까지 쳐서 여드레째군. 며칠 뒤 다이티의 같은 자리에서 커피를 삼키며 그는 생각했다. 오른쪽에선 극장장이 티라나에 막 도착한 쿠바 문화사절단에 둘러싸인 채, 테이블 세 개정도 떨어진 자리에서 조용히 커피를 홀짝이고 있는 남자가 초연이 당분간 연기되고 다른 작품도 유보된 루디안 스테파가 맞는지 확인하려는 듯 연신 힐끔거렸다.

　루칸 헤리는 이렇게 말하곤 했다. 알바니아 행정기관 태반을 바보로 만들고 싶어? 그러면 자네가 가장 겁나는 순간 다이티로 가서 커피를 마셔봐! 그 친구 말에 따르면, 각 부서는 극작가 루디안 스테파가 겁먹은 낌새 없이 연이어 며칠 동안 다이티로 커피를 마시러 온 이유를 옆 부서에서는 알고 있으리라 믿는다는 것이다. 그러게, 저 극장장을 봐. 피델 카스트로가 최근 아바나의 배우들 앞에서 장장 여섯 시간에 걸친 연설에서 늘어놓은 무대지침에 대해 생각하기보다는 이젠 이 루디안 스테파가 보이는 거만한 태도의 수수께끼를 풀려고 애쓰고 있잖아. 루디안의 최근 작품에 관해 예술 심의회에 제출하려 했던 비평이 오히려 역풍이 되어 돌아올 위험은 없는지 고민하면서 말이지.

막 들이쉰 숨이 너무 깊었는지, 한숨을 내쉬자 옆구리에 구멍이라도 난 듯 몽롱한 취기가 빠져나갔다.

다 무슨 소용이겠어? 그는 생각했다. 저들은 저들 내키는 대로 생각하면 그만이었고, 그는 저들과 아무 상관 없었다. 카스트로의 주옥같은 여섯 시간짜리 연설을 듣는 동안 극장장이 느꼈을 불안을 상상하며 그가 방금 느낀 보잘것없는 즐거움도 부질없기는 매한가지였다. 저들은 저들 내키는 대로 하면 그만이었다. 그저 그의 작품만 건드리지 않았으면…… 그리고…… 또…… 미제나와 만나는 걸 가로막지만 말았으면.

미제나가 찾아오는 걸 저들이 방해할 수도 있었으리라는 생각이 섬광처럼 번뜩 떠오른 순간은 아주 짧았다. 아냐. 그는 곧 부인했다. 누구도 그녀가 오는 것을 방해하지 않았을 것이고, 그녀 스스로 그러기로 결심했으리라는 생각이 머릿속에서 우세해졌다.

묵직한 피로가 안개 덮치듯 몸 위로 녹아내리는 것 같았다. 그는 오랫동안 사랑에 빠지지 않았다. 그런데 이번엔 친근한 가면을 쓰고 그를 헷갈리게 하는 다른 무엇이 아니라 정말 사랑에 빠진 게 아닐까 하는 의심이 들었다.

이제 그녀에 대한 이미지는 끊임없이 달아나고 있었다. 얼마 후면 그녀는 그저 낯선 사람이, 망각이 소화할 줄 모르는 형태가 되고 말 것이다. 그는 그녀의 구체적인 모습을 기억해내려고 애썼지만 그 노력이 버거워지는 걸 느꼈다. 그녀의 음부를 한 번이라도 보았는지조차 이젠 확신이 들지 않았다. 그가 처음에 시골 여자의 수줍음이라 생각했던 모습도 전혀 다르게 바뀌어 있었다.

당신은 누구지? 정말 나의 왕자가 맞아? 그의 손이 오른쪽 주머니를 마구 뒤적이더니 마지막 바로 전 만남 때 그녀가 떠나며 베개 위에 놓고 간 편지를 찾아냈다. 그날 계단을 내려가기 전에 그녀는 그의 귀에 대고 속삭였다. 당신한테 쓴 편지가 침대 위에 있어. 마치 그가 그것을 돌려줄까 겁을 내는 것 같았다. 정사 후 희미한 어둠 속에서 빨간 색연필로 황급히 갈겨쓴 글이 분명했다. 편지 말미에는 "당신은 누구지?"라는 질문에 "그리고 나는 누구지?"라는 두번째 질문이 딸려 있었다.

어쩌면 이 때문에 그가 그녀를 찾는지도 몰랐다. 사회주의국가건 성직자 지상주의 국가건, 군주주의국가건 아니면 연방제국가건, 세상 곳곳 모든 공화국에서 다르지 않으리라는 그의 믿음처럼 단지 그녀를 격렬하게 포옹하기 위해서가 아니라 분명히 다른 이유 때문이었다. 그날처럼 위험한 이름이 붙은 샘과 산비탈과 낭떠러지가 이웃한 서가 근처에서 그녀에게 소리치고 또 소리치기 위해서였는지도 몰랐다.

피델 카스트로의 지시에 따라 쿠바 혁명극은 진보를 향해 가차없이 전진합니다…… 이게 뭐지? 쿠바 사절단의 대화가 다시 들려오자 놀란 그는 몇 분 전 사절단이 앉아 있던 테이블 쪽으로 천천히 고개를 돌렸다. 테이블은 비어 있었지만 그는 자기 정신이 이상해졌다고 생각하지 않았다. 라디오를 만지작거리던 바 주인이 곧 볼륨을 낮췄기 때문이다.

그렇군. 그가 속으로 중얼거렸다. 잠시 후 그는 종업원을 돌아보며 쿠바극에 관한 그 탐방보도냐고 물었다. 나흘째 연이어 방송되고 있는 같은 보도가 맞았다.

그렇군. 그가 한번 더 속으로 중얼거렸다. 그러곤 다시 여자를 생각했다.

그녀는 그에게 "당신은 누구지?"라고 물을 수 있었는데, 어째서 그는 그녀에게 아무 질문도 던지지 않았을까? 에니그마라는 단어에서 철자 순서를 바꾼 이름에 관해 오래도록 생각한 그는 자신이 그녀의 성조차 모른다는 걸 이제야 깨달았다. 그녀가 스스로에 대해 알려준 유일한 것은 그녀의 첫 성경험이었다. 고등학교에서 종종 그렇듯이 체육교사와 있었던 일이었다. 3학년부터 함께 어울리던 여학생이 두셋 있었는데 아무도 그를 거부할 수가 없었어. 왜냐하면 속옷 차림의 우리를 본 유일한 남자였거든…… 우리 중 단 한 사람, 당신의 여자, 린다만 예외였지…… 뭐, 뭐라고?…… 우리끼리 그렇게 부르자고 이미 말했잖아…… 아, 그러니까 내 약혼녀가 그 선생을 거부했다……? 그애가 원칙을 엄격하게 지켜서는 아니었어. 전혀 아니지…… 그애는 달랐어…… 그뿐이야……

멍청한 자식! 그는 스스로에게 화가 치밀었다. 멍청이가 아니고서야 어떻게 그런 말을 가볍게 들을 수 있었단 말인가. 연이어 그는 똑같은 욕설을 되풀이했지만 이미 확신이 덜하긴 했다. 당위원회로 소환된 일과 그후 이어진 모든 일이 없었더라면 낯선 여자의 행동이 그다지 이상해 보이지 않았으리라는 생각이 들었던 것이다.

그는 커피 한 잔을 더 주문했다. 그것이 종업원에게 그의 위신을 세워준 것 같았다. 바에는 새 손님들이 들어와 있었다. 그는 더는 아무 생각도 하지 않으려고 애썼다. 적어도 이 두 잔째 커피를 음미하는 동안은. 그런데 커피가 훨씬 맛없는 것 같았다. 그의 생각은 극장의 예술 심의회를 벗어나려고 애쓰다가 다시 미제나에게 들러붙고 말았다.

단 한 번만이라도 그녀를 다시 볼 수 있다면…… 이런 생각은 거의 저속하게까지 여겨졌다. 생각이 말로 바뀌어 수면에 떠오르자 깊이의 신비와 특성을 잃어버려 전혀 존중을 불러일으키지 않는 것이었다. 그러나 그런 걸 의식해도 소용없었다. 그는 마음속으로 다시금 되뇌었다. 그녀를 다시 볼 수 있다면! 단 한 번만이라도. 그는 자신이 "당신 누구야?"를 외치고 싶은 건지, 아니면 오래전에 흘러가버린 시절처럼 그저 격렬하게 그녀를 껴안고 싶은 건지 알지 못한 채 거듭 생각했다.

더 오래 고심하지 않고 그는 일어나 계산대로 다가갔다.

"전화 좀 쓸 수 있을까요?"

"물론이죠." 주인이 놀란 표정을 감추지 않고 대답했다.

루디안 스테파야말로 스스로의 행동에 더 놀랐다. 다이티의 전화들이 도청되고 있다는 건 티라나 사람이라면 누구나 알았지만, 그래도 그는 전혀 흔들림이 없었다. 그는 천천히 판사의 전화번호를 눌렀고, 마지막 순간에야 생각했다. 내가 뭘 하고 있는 거지? 그러나 이 의문은 그의 행동을 늦추기는커녕 오히려 반대의 효과를 냈다. 여보세요, 안녕하세요. 루디안 스테파입니다.

전화선 저편의 목소리는 친절했다. 귀기울여 듣지는 않았지만 예의바른 말들을 짐작할 수 있었다. 그는 정신이 온통 딴 데 팔려 있었다. 자신이 정보를 제공하기 위해서가 아니라 순전히 그냥,

커피나 한잔하자고 초대하기 위해 전화를 걸었다는 걸, 실망을 안길지 모르지만 그에게 가능한 한 빨리 알리고 싶었던 것이다.

그런 생각을 끝까지 밀어붙일 수는 없었다. 상대가 튀어올라 덥석 물 만큼 미끼가 충분치 않았기 때문이다. 상대는 커피를 마시자고 제안할 틈조차 주지 않고 그보다 빠르게 앞질러 말했다. 여유가 되시면 커피나 한잔할 수 있겠습니까?

기꺼이 그러죠. 루디안이 대답했다. 상대가 빵집이 아니라 옛날처럼, 그러니까 카페에 반대하는 캠페인이 일어나기 전처럼 카페플로라라는 이름으로 장소를 말하는 게 어렴풋이 들렸다. 그 태도에서 놀란 건 은밀한 공모의 신호 이상의 다른 무엇, 그가 직업적인 태도를 보이지 않는다는 점 때문이었다. 그는 루디안에게 '그냥'이라는 말을 듣고도 전혀 실망한 기색이 아니었을뿐더러, 거의 안도하며 맞이하는 듯했다.

문화의 궁 대리석기둥쯤에 이르렀을 때 내가 뭘 하고 있는 거지, 라는 질문이 되살아났고, 스스로 단두대에 머리를 올려놓고 있다는 생각이 한동안 떠나지 않았다. 국립박물관 앞에서는 '왜 이러지?'라는 말이 정말 울리는 것만 같았다. 왜지? 실제로 위험하지는 않지만 위험해 보이는 놀이를 즐기는 사람들처럼 그가 다시 말했다. 그래, 조금 전 스칸데르베그 기마상이 유난히 음산해 보이는 디브라거리 교차로에서 스스로에게 얘기했듯이 '그냥'은 아니라는 걸 알고 있었다. 흐릿해 보이긴 했지만 안개 뒤에 감춰진 것은 그래도 명백했다. 미제나였다. 멀리서 카페플로라라는 글씨가 위협적인 붉은빛을 띠고 있었다.

그가 자기 연인을 어떻게 할지는 누구도 결코 알지 못할 것이다. 그녀를 옹호한다, 아니면 반대로 팔아넘긴다. 그가 뭘 원했건 이도 저도 불가능했다. 그들은 그녀에 관해 모든 것을 알고 있는 게 분명했다. 따라서 말하자면 그는 게임 바깥에 자리한 셈이었다. 관대한 분위기가 풍기는 건 아마도 느긋하고 가벼운 그들의 태도 때문인 것 같았다.

카페 유리문이 금세 가까워졌다. 곧 그 유리문 위로 후들거리는 그의 그림자가 드리울 것이다. 모든 게 겉보기보다 지극히 단순한 건 아닐까? 체호프 아니면 고골의 것일 어느 이야기에서 나온 말 한 마리가 기억에 떠올랐다. 그리고 그 옆에는 한 남자가 녀석의 목덜미에 한 손을 올린 채 이야기를 하고 있었다. 인간종을 통틀어 수심을 털어놓을 만한 대상을 아직 찾지 못한 까닭이었다.

그래, 그거야. 그가 유리문을 밀면서 생각했다. 사막 한가운데에서 그는 이 무한한 황량함에 대해 조금이나마 아는 유일한 존재를 발견한 것이다…… 그에게 무언가를 알려주거나 여자를 다시 찾게 해줄 수 있을 유일한 존재를……

바로 그거였어. 틀림없어. 다른 건 없어. 그녀 곁에 가서 그 예쁜 가슴에, 그리고 배에, 캄캄한 낭떠러지 끝에 머리를 얹는 것. 그곳에서라면 그녀의 감춰진 면모에 대해 무언가를 짐작할 수 있으리라.

5장

 그는 카페 오른쪽 구석에서, 더 정확히 말하자면 루디안이 몇 년 전부터 버릇처럼 자리잡는 그 구석자리에서 기다리고 있었다. 그에게 손을 내밀며 루디안은 말할 참이었다. 이런 우연이 또 있을까요! 그런데 곧 어쩌면 전혀 우연이 아닐지도 모른다는 생각이, 그가 어떤 자리에 앉기를 좋아하는지 판사가 자기만큼이나 잘 알 거라는 생각이 들었다. 다이티 말고도 플로라 역시 테이블마다 도청장치가 설치된 곳이라는 건 수도의 주민이라면 누구나 알았다.

 어쨌건 상대의 미소는 더없이 태평스러워 보였다. 정중한 인사도 곁들여졌다. 다시 뵙게 되어 반갑습니다…… 저도 마찬가지입니다…… 일하시는 데 방해가 된 건 아닌지요…… 아닙니다. 오히려 즐거운 일이죠…… 피델 카스트로의 지도하에 쿠바 극단이 연일 성공을 거두고 있습니다…… 그런데…… 라디오 소리를 왜 저렇게 크게 해놨을까요?…… 타성에 젖은 관습은 무슨 수를 써서라도 버려야 합니다…… 혁명, 오직 혁명뿐입니다…… 이봐요, 소리 좀 낮춰주시겠습니까?…… 커피 드실 거지요?

방금 두 잔을 마셨다고 대답하는 대신 루디안은 주문을 했고, 곧 후회했다. 요즘 일이 많으시지요?…… 상대는 모든 위험한 해석을 피하려는 듯 아주 자연스레 대답했다. 일이 있죠. 혐의와 음모가 많다고 해두죠. 신중해야 하니까요……

이젠 저 사람이 보복으로 황당한 질문을 던지기를 기다려보자고. 창작은 어떻게 되어가십니까? 그리고 이어지는 치명적인 질문. 요즘은 무슨 작업을 하고 계시죠?

그는 대답을 상상했다. 예술 심의회의 결정을 기다리는 작품이 하나 있습니다. 위선적이지 못하니 이렇게는 말하지 못할 터였다. 난 그 작품이 차라리 당신들 손에, 조사실에 있으면 좋겠습니다. 적어도 그곳에서라면 어느 정도 과학적인 방식으로 문제를 검토할 테고, 적대적인 슬로건은 색출해낼 것이며, 긍정적인 인물에 비해 부정적인 인물에 할당된 텍스트 비율을 수학적으로 계산할 것이고, 마지막으로 아마도 돋보기를 들고 원고를 샅샅이 살펴가며 지문을 채취하고 수상쩍은 독자의 신원을 파악하려 들 테니까요…… 어쨌든 예술 심의회의 검열보다는 훨씬 견딜 만하겠지요. 예술 심의회에서 이 건은 벌써 세번째로 제2막 끝, 지하대원 유령의 출현에서 옴짝달싹 않고 있었다. 루디안이 얻어낸 정보에 따르면 심의위원 대다수가 사회주의리얼리즘에서는 유령 개념 자체를 받아들일 만하지 않다고 판단했을 뿐 아니라 최근에 추적중인 해로운 영향들과의 관계를 찾으려고 애쓰면서 문제를 더 키우려고 하고 있었다. 어휴……!

"다른 어디나 마찬가지로 극예술에도 문제들이 있습니다." 루디안이 말했다. "조금 전 라디오에서 쿠바의 혁명극에 대해 언급하는 것 듣지 않으셨습니까?"

"아, 그랬나요? 무슨 얘기를 하는지 전 주의를 기울이지 않았습니다. 그저 저 라디오소리가 우리 얘기를 서로 듣지 못하게 막는 것 같다고 생각했을 뿐이에요."

"그렇군요. 우리 극단 초청으로 사절단이 왔어요. 쿠바 동지들이 전하기를, 피델 카스트로가 아바나에서 무대에 관해 여섯 시간이나 연설을 했다더군요."

"정말입니까?" 상대가 물었다.

"여섯 시간 연설이라니, 상상이 되십니까? 그가 국정을 그렇게나 내버려두었다는 건 상황이 그 정도로 복잡하다는 얘기 아니겠어요……"

상대의 눈이 주의깊게 그의 입술을 읽었다. 그 모습이 루디안에겐 진지해 보였다.

"정말 솔직히 말해서, 이따금 극장엘 가고 주기적으로 책을 읽는다고 제가 이 모든 문제에 대해 잘 알고 있다고 말한다면 과장일 겁니다." 그가 푸념하는 듯한 목소리로 단언했다.

"이해합니다."

"선생은 제가 만난 몇 안 되는 예술계 인사이십니다. 불행히도 전혀 엉뚱한 상황에서 만나긴 했습니다만……"

루디안이 다시 말했다. 이해합니다. 다만 속으로 그는 생각했다. 올 것이 왔군……

그토록 초조하게 기다리던 문제를 상대가 드디어 건드릴 모양이었다.

두 사람이 커피를 홀짝이는 동안 침묵이 도무지 끝나지 않을 것 같았고, 루디안은 상대에게서 말을 끌어낼 수만 있다면 관자놀이가 으스러지는 한이 있더라도 커피를 네 잔, 다섯 잔이라도 마실 작정이었다.

그를 한계까지 몰고 가려는 듯 상대는 입을 굳게 다물고 있었다. 저들이 다닌 학교에서 틀림없이 이런 요령을 가르쳐주었을 테지. 미제나가 다닌 미술대학에서 연극의 기교를 분석했듯이 말이다. 긴 침묵, 짐짓 방심을 드러내는 하품, 잔기침 같은 것들……

"작업중인 새 작품이라도 있으십니까?"

판사가 아주 독특한 어조로 물었다. 앞날의 문제, 당연히 희망을 품은 주제에나 어울릴 법한 명랑한 어조. 임신 초기 징후를 보이는 여자들에게 쓸 법한, 그러니까 아하, 가족이 느는 겁니까? 라는 식의 그런 말투였다.

"아직 아닙니다." 루디안이 머뭇거리며 말했다. "사실 작품 하나가 있긴 한데, 아직 예술 심의회에서 검열중이라……"

그는 이 말을 덧붙이지 않으려고 꾹 참아야 했다. 왜 그런지는 평가를 하는 판사인 당신이 잘 알 것 아닙니까? 거짓말 같겠지만 이게 다 유령 하나 때문이란 말입니다!

"이미 말씀드렸듯이 저는 연극을 좋아합니다. 우리가 하는 일과 관계된 문제들을 다룬다면 특히 더 좋아하죠. 심리며, 불가사의한 사건이며……"

루디안은 한숨을 억누르기가 힘들었다. 정말 운이 지지리도 없었다. 피델 카스트로의 여섯 시간짜리 연설에 이어 또다시 연극에 관한 객설을 참고 들어야 할 모양이었다! 상대가 어떤 게임을 하고 있다는 생각은 이미 오래전에 접었지만, 그래도 마음이 가라앉기는커녕 오히려 괴롭기만 했다. 거짓을 꾸며낼 수 없으니 어쨌든 상대가 말을 꺼내도록 기다리자는 생각도 이젠 가망

없어 보였다.

좋아. 그가 속으로 생각했다. 먼저 드러내고 싶지 않다면 말하도록 만들면 되는 거지. 이자는 말하게 될 거야. 초조함이라는 세금까지 덧붙여서, 아니 그보다 더한 것까지 덧붙여서 말하게 될 거야.

"우리가 당 위원회에서 얘기했던 일에 관해서는 새롭게 떠오른 바가 하나도 없습니다." 그는 상대의 눈을 똑바로 쳐다보며 말했다. "실망시켜서 미안합니다⋯⋯"

"그러실 거 없습니다." 판사가 잘라 말했다. "전화로 분명히 말씀하셨잖습니까. '그냥' 걸었다고까지요⋯⋯" 그의 눈이 웃음을 띠며 반짝였다. "선생과 함께 커피 한잔 마시는 것이 저한테는 드물게 주어지는 즐거움이라는 말씀을 꼭 드리고 싶군요. 동료들이 부러워할 겁니다."

이런 멍청이. 루디안은 속으로 생각했다. 제 손으로 만들어놓은 착오에 빠져 있었던 것이다. "그럼 오셔서 그냥 커피나 한잔 하시죠." 이런 식으로 말해놓고 상대가 말을 안 한다고 투덜거리고 있다니!

그의 관자놀이가 심하게 펄떡거렸다. 방금 마신 커피 때문인 모양이었다. 이렇게 진한 커피를 마신 적이 있었는지 기억도 나지 않았다. 그는 마주한 사람의 이야기에 귀를 기울이는 대신 말

집정관*과 함께 있는 칼리굴라의 독백을 자기도 모르게 떠올리고 있었다. 칼리굴라는 말의 귀에 대고 국가 기밀에 대해, 로마의 국사에 대해, 곧 밝혀질 음모에 대해 속삭였고, 수요일, 그리고 목요일 이른 새벽에 자결하라는 명령을 받게 될 원로원 의원들에 대해서도 말했다. 전에 세네카라는 이름의 성가신 극작가가 그런 명령을 받았듯이…… 그러니 그들은 그저 실행에 옮기기만 하면 되었다……

"그건 그렇고, 그 이야기는 어떻게 되었죠?" 상대에게서 눈을 떼지 않은 채 그가 물었다.

판사는 눈길을 평온하게 유지하면서도 다소간의 놀라움을 감추지 않는 것이, 마치 이렇게 묻는 것 같았다. 무슨 이야기 말입니까?

"당 위원회에서 우리가 얘기했던 거 말입니다. 자살한 여자 이야기……"

"아, 네." 조사실 남자가 말했다.

"제 기억이 틀리지 않는다면 과거 왕실 측근에 속하는 집안이 관계된 일이라고 하셨죠. 이런 유형의 자살에는 의심이 따를 수

---

* 로마의 3대 황제인 칼리굴라는 원로원을 욕보이려고 자신의 애마를 집정관으로 임명하려 했다.

밖에 없다고 말씀하지 않았습니까……"

"물론입니다. 그렇습니다." 상대가 말했다.

그런데 왜 아무 말을 않는 거야? 루디안은 속으로 거듭 되물었다.

"심리는 계속되고 있습니까?"

"물론이죠."

그렇겠지. 그는 다시 속으로 생각했다. 심리가 계속되고 있다면…… 그 여자를 위해 티라나에서 책을, 어쩌면 암호화된 메시지인지도 모를 책을 가져다준 절친한 친구 미제나에 대해서는 여전히 아무것도 알아낸 게 없다는 얘기였다.

상대의 얼굴을 몰래 살피며 루디안은 대화의 진행방식을 상대가 달가워하지 않는다고 확신했다. 눈앞에서 벌어지고 있는 일은 도무지 사실 같지가 않았다. 역할이 뒤바뀐 것이다. 정상적이라면 판사는 증인의 전화를 받자마자 시간이 몇시건, 침대든 아내 곁이든 아니면 다른 누가 곁에 있든 그 자리를 떠나서 비가 오건 눈이 오건 하늘이 내린 증인에 감사하는 마음을 품고 이 나라 반대편까지라도 달려가야 마땅하지 않겠는가. 알바니아의 얀팔라흐가 쟁반에 담아 바칠 음모에 대해, 반란의 조짐에 대해 그의 발밑에 조아리며 감사할 준비를 하고서 말이다. 그런데 지금 앞에 자리한 이 인간은 고집스레 입을 다물고만 있었다.

판사의 대답은 추적자의 열성이라곤 전혀 찾아볼 수 없이 그저 축 늘어져 있었다. 회피하는 것 같기도 하고, 심지어 알아낼지도 모를 사실에 지레 겁먹고 있는 듯 보이는 것이, 지금껏 본 적 없는 모습의 판사였다.

루디안 스테파는 짜증이 나서 자기도 모르게 손가락 관절 꺾는 소리를 낼까봐 주머니 속에 손을 집어넣고 있었다. 늘 그렇듯이 분노가 그에게 오만한 마음을 불러일으켰다.

"저를 이해해주시리라 믿습니다." 그가 차가운 목소리로 말했다. "제가 이 일에 관해 묻는 건 그 여자가 제 작품 하나와 연관이 있기 때문입니다…… 제가 하는 말을 이해하실지 모르겠군요…… 이 문제로 당 위원회에서 저를 소환하셨잖습니까. 제겐 알 권리가 있습니다. 제 말 이해하시는지요?"

"이해합니다." 판사가 대답했다.

"그러시다면……?"

그는 이렇게 말하고 싶었다. 근데 대체 왜 당신은 입을 다물고 있는 거요? 그럴 거면 뭐하러 날 소환한 거요?

상대가 빤히 쳐다보았다. 화제가 바뀐 것에 아마도 당황한 모양이었다. 그는 생각에 잠긴 듯한 표정을 지어 보였다. 루디안의 머릿속을 가로지른 생각은 분노에 사로잡히기 전에 설명을 기다리는 편이 낫겠다는 것이었다.

다시 그는 칼리굴라의 말馬을, 더 정확히 말하자면 세네카 생각에 격분하는 칼리굴라를 다시 떠올리려고 애썼다. 여태껏 그 극작가의 앞선 변덕과 그리스적인 영향력의 침투를 꽤 잘 참아왔어. 그런데 또다시 연극 속에 유령을 끼워넣으려 하다니. 그게 아니라도 로마가 온통 뒤죽박죽인데. 나, 칼리굴라는 무대 문제로 여섯 시간이나 연설을 할 의향이 없다. 나는 훨씬 신속한 방식으로 일을 처리하는 버릇이 있다. 이를테면 백부장이 한밤중에 작가의 문을 두드리고는 이렇게 말하는 것이다. 당신, 내일부터 더이상 해를 보지 마시오!

"선생께서 그 일에 신경쓰는 것도 당연합니다." 상대가 낮은 소리로 말했다. "그 사건은 아직 심리중입니다."

더이상 해를 보지 마시오! 라틴어에 이런 형태의 표현이 있는지 확신을 갖지 못한 채 루디안이 속으로 되뇌었다.

주의깊게 판사를 응시했지만 루디안은 자신의 표정이 충분히 누그러졌는지 어떤지 전혀 알 수가 없었다. 작년에 격분했다가 두 차례 자아비판을 한 적이 있고 세번째 자아비판을 하고 싶은 생각은 추호도 없었다.

"자살사건이 혼란을 초래한 건 사실입니다. 그러나 자료를 검토해본 결과 정치적 자살은 아니었던 것으로 밝혀졌어요. 이유는 사적인 차원의 것이죠."

루디안은 생각했다. 아, 드디어 기계가 작동하기 시작했군.

"아." 그가 소리내어 말했다.

"선생 책이 굉장히 큰 영향을 미친 건 사실입니다. 제가 이미 얘기했는지 모르겠군요. 책과 무관하게, 여자가 일기장에 선생에 대해 주기적으로 글을 썼어요."

"네?"

"여성 팬으로서 쓴 내용이었어요. 아니, 팬 수준을 살짝 넘는 내용이었죠. 선생에게 꽤나 달콤한 감정을 키우고 있었다고 할까요."

"허!"

"그게 전부입니다."

판사가 무언가를 묻는 듯한 눈길로 두 팔을 들어올렸다.

"점입가경이군요⋯⋯" 루디안이 불안한 목소리로 말했다.

"점입가경이라니요? 젊은 여자들 사이에서 흔히 있는 일이라는 건 선생께서 저보다 더 잘 아시잖습니까."

"흔한 건 사실이죠. 그런데 그런 가문 출신에 유배된 여자의 경우라면 그런 말을, 그러니까 '흔하다'는 말을 붙이기가 힘들지요."

그들은 서로가 동시에 손가락으로 커피잔을 돌리고 있는 걸 알아차렸다. 침묵이 곤혹스러워졌다는 증거였다.

제2막 끝 늪지대에 등장하는, 등뒤에서 살해당한 지하대원의 유령이 다시 그의 머릿속에 떠올랐다. 최근 며칠 동안 그는 원고를 검토할 예술 심의회 위원들에게 어떤 느낌을 줄지 가늠해보고 음산한 정도를 조정해가면서 다양한 조명 아래 그 유령을 묘사해보았다.

"우리가 아직 서로를 잘 알지 못합니다만." 루디안이 말했다. "감히 한 가지 질문을 드리겠습니다…… 어떻게 말해야 할지 모르겠군요…… 단도직입적으로…… 다시 말해 무례하게 묻겠습니다……" 이 말에 놀랐는지 판사의 눈이 굳었다. "제가 감시당하고 있습니까?"

판사는 소스라쳤다.

"아닙니다." 그가 차갑고 단호한 목소리로 말했다. "저 같은 공무원의 맹세를 신뢰하실지 모르겠지만 맹세코 그렇지 않아요. 선생은 결코 감시 대상이 아니라는 걸 제 명예를 걸고 말씀드립니다."

그의 눈길은 마치 빈혈환자의 것처럼 파악하기 힘들었다. 오만의 기미는 전혀 보이지 않았다.

"제가 한번 설명을 드려보죠." 그가 또박또박 말했다. "선생께서 이해해주시리라 믿습니다."

6장

한 시간 후에도 그들은 여전히 그 자리에 있었다. 번갈아가며 시계를 쳐다보면서도 누구도 먼저 자리에서 일어서려 하지 않았다. 협정이라도 지키는 듯 그들은 이제 편안하고 가벼운 주제들로 얘기했다. 그렇다고 상대가 방금 털어놓은 말을 루디안이 머릿속으로 곱씹지 않은 건 아니었다. 눈 깜짝할 새에 그는 여러 가지를 알게 되었다. 아주 오래전부터 확신은 갖지 못한 채 짐작만 했던 것들이었다. 그들은 스탈린에 대해, 연극에 대해, 종교의 금지에 대해 그가 생각하는 바를 낱낱이 알고 있었다. 정치국의 일부 요원들을 두고 그가 던진 가시 돋친 농담도 알고 있었다. 그렇다고 놀랄 것도 없었고, 당이 사상 전향을 했다고 생각할 일도 아니었다. 모든 게 바뀌지 않은 채 그대로였다. 왜냐하면 예전에도 죄에 대한 평가에는 두 가지 척도와 두 가지 처벌이 있었기 때문이다. 스탈린이라는 인물과 종교금지 또는 정치국에 대해 조금이라도 지적을 하면 군 장교나 충성스러운 공산주의자는 감옥에 갔고 심지어 처형부대를 마주하게 되었다. 그나 그가 속한 계급 사람들의 경우는 그렇지가 않았다. 비슷한 견해를 보여도 넘어갔고, 위험하지 않은 것으로 간주되었다. 매년 한 부서에서 그런 것들을 분석하는 일을 맡았다. 의견 목록을 작성하고 의학적 분석이나 엑스레이사진 분석을 행하듯 그것들을 비교했다. 스탈린에 대해서는 어떤가? 이 년 전과 똑같은 불신이 있다. 종교 역시 마찬가지다. 정치국 요원들은 더 나빠졌다. B. B.라는 이름이 추가되었다(엔지니어 학위를 가진 이자는 뭔가 쓸 만한 일을 하리라고 믿었는데 다른 멍청이들보다 나을 게 없다). 학교를 보자면 초등교육의 평가는 나아진 점이 있다. 대지도자와 관련해서는 아무것도 없다. 이 마지막이 가장 중요했다. 진단이 그 항목에 달려 있었기 때문이다. 암이냐 아니냐.

이 모든 것을 보안대 내부에 이해시키기란 쉽지 않았다. 늘 불만이 있었다. 왜 어떤 사람들은 봐주고 어떤 사람들은 치느냐? 그들은 화를 낼 권리가 있다고 생각했다. 인내심을 갖고 그 모든 불만을 모으기 위해 스물네 시간 분투했는데 그것을 전혀 고려하지 않았으니 말이다. 무해한 독이었단 말인가? 그렇다면 왜 다른 사람들에겐 똑같이 하지 않았지?

사람들을 입다물게 하기 위해서는 협박을, 심지어 처벌을 할 수밖에 없었다. 그 사건은 닫아버리시오. 그건 당이 알아서 할 일이오! 어쩔 수 없이 사건을 닫으면서도 그들은 이를 갈았다. 개새끼가 또 빠져나가네!…… 선생 같은 분들에 대해서는, 저를 용서하시길 바랍니다만, 바로 이런 표현이 사용되었지요.

물론 그렇겠죠. 루디안이 대답했다. 마음속으로 그는 자문했다. 왜 저자가 이 모든 걸 이렇게 자세히 얘기할까? 진실일까 아니면 협박일까? 아마도 둘 다이리라고 그는 곧 생각했다. 아무러면 어때! 일어나야 할 일이 일어난 거야. 그것도 한참 전부터.

개새끼가 또 빠져나가네…… 그러니까 이런 식으로 그에 대해 말했다는 거다! 짐작은 했지만 막상 들으니 기분이 전혀 달랐다.

이상하게도 그는 기가 꺾이지 않았다. 오히려 다시금 오만한 마음이 일었다. 이미 젖은 사람은 비를 겁내지 않는 법이지. 그는 생각했다. 아주 오래전부터 그들이 그를 그렇게 생각하고 있었는데도 아주 난처한 일은 전혀 일어나지 않았다.

두 사람 사이의 침묵은 좀체 깨지지 않았다. 그의 마음 한구석에서는 여전히 이질감이 느껴졌다. 어떤 이유로 그는 이 만남을 바랐던가?

그는 자신이 다이티호텔 바에서 불쑥 일어나 전화를 걸러 갔던 순간을 떠올리려 애쓰며 기억을 뒤졌다. 계산대 쪽으로 향하며 머릿속에 떠올렸던 생각이 하나도 기억나지 않았다…… 뇌 속에는 그저 안개처럼 텅 빈 공허뿐이었고, 거기 어딘가에 마치 망사 너머로 보이듯 부옇게 웬 여자의 얼굴이 비쳤다.

어떤 이유로 그는 이 만남을 바랐던가 하는 의문이 이번에는 죄책감을 동반하고 다시 나타났다.

말해, 칼리굴라! 그는 생각했다. 네가 충분히 음미하지 못한 젖가슴과 배에 대한 비밀을 말에게 털어놓으라고!

그의 맞은편에 자리한 상대는 오랜 경험으로 곧 무언가 얘기가 나오리라 직감하고서 잠자코 있었다.

"그날 기억하시죠. 당신들이 나를 당 위원회에 호출한 날 말입니다…… 이 모든 게 벌써 까마득하게 느껴지니 이상하군요…… 내가 어떤 여자에 대해 말했던 것 기억하시는지…… 솔직히 말하자면, 그 여자 문제로 호출했다고 믿고서 서둘러 털어놓았더랬죠."

판사는 기억을 더듬으려는 듯 눈을 찌푸렸다.

"네." 잠시 침묵 뒤에 그가 말했다. "기억합니다."

루디안은 판사가 시동을 걸어주기를 기대했다. 초조해하며 몇 가지 문장까지 상상했다. 솔직히 말씀드리자면 약간 얼떨떨했었죠. 또는, 그러게, 이 일에 느닷없이 끼어든 그 여자는 대체 누굽니까? 같은 말들…… 그러면 대화가 한결 쉬워질 텐데! 극작가라면 누구나 경험으로 이걸 알았다. 그러나 상대는 전혀 호기심을 보이지 않았다.

대체 왜 그러는 거야? 그는 외칠 뻔했다. 대체 당신은 어떤 종류의 판사야? 이 무관심은 뭐야? 그 여자에 대해 왜 내게 묻질 않는 거야?

그가 너무도 잘 알지만 좀처럼 억누르지 못하는 분노의 파도가 다시 그를 덮쳐왔다.

더러운 족속. 그는 툴툴거렸다. 저희들 원할 때는 온갖 시시콜콜한 걸 조사하지. 지예 노파가 우유장수 집에 줄을 서서 한 말이 뭐였나? 극장의 다리 저는 수위와 배 맞은 과부는 누구였지? 하지만 심각한 사건은 절대 안 다루지! 그는 속으로 외쳤다. 그러니 말하라고! 그렇게 아무 말도 하지 않는 당신은 도대체 돌부처야 말이야?

가련한 내 신세. 그가 한숨을 내쉬었다. 처음으로 기운이 쭉 빠지는 느낌이 들었다. 그는 대초원의 불행한 러시아 마부보다 한탄할 게 많았다. 적어도 체호프의 농부는 말에게 자기 얘기를 털어놓았지만, 그에겐 마음을 열어놓을 상대가 알바니아 판사밖에 없었다.

"많이 흥분하신 것 같군요." 맞은편 상대가 지적했다. "왜 그러시는지 모르겠습니다."

"아무것도 아닙니다." 루디안이 대답했다. "아무것도 아니에
요. 내 잘못이죠."

"솔직히 전 선생을 이해할 수가 없군요."

"나도 당신을 이해할 수가 없네요."

그의 면전에 대고 이렇게 내뱉고 싶은 욕구를 억누르기가 어
려웠다. 당신은 황금처럼 진솔한 사람인 양 연기하고 있지만 전
혀 그렇지 않아! 그리고 알아듣기 쉬운 훨씬 간단한 질문을 덧붙
이고 싶었다. 그 여자에 대해 왜 묻지 않는 거요? 내가 직접 길까
지 터주었건만 왜 못 알아들은 것처럼 구는 거요? 왜 원하지 않
는 거요? 말해요! 그러지 않으면……

오래된 의심이 다시 그를 사로잡았다. 넷 중 한 사람은 국가를
위해 감시를 한다는 소문. 밤늦도록 친구들과 함께 참으로 자주
얘기했던 소문이었다. 몇몇 사람은 믿었지만, 그를 포함해서 또
다른 몇몇은 공포감을 유지하려고 비밀정보국이 지어낸 거짓말
로 여겼던 그 소문이 어느 때보다 근거 있는 것처럼 보였다. 저
들이 그 여자에 대해 알고 싶어하지 않는 건 여자가 그들의 요원
이기 때문일 거야.

이러니 그의 동요는 눈에 확연할 정도였지만 이제 그에겐 그 무
엇도 중요하지 않았다. 라디오에서는 남부의 대중가요가 흘러나

오고 있었다! 편도나무야 뻗어라. 그러지 않으면 서양삼나무가 널 앞지르고 말 거야…… 이런 후렴구였던 것 같은데 확실하지는 않았다. 로고지나와 루슈녀 사이를 달리던 기차 안에서 어느 오후에 들었던 비슷한 멜로디의 노래가 문득 기억에 떠올랐다.

티라나에서 자라난
콜로냐의 아가씨
중국 독 때문에
명줄이 짧아졌네.

우연은 없었어. 분명해. 그가 힘없이 생각했다. 흥분은 이미 가라앉았다. 마음속 밑바닥까지 드러내지 않도록 자제하면서 그는 상대에게 생각의 일부를 흐릿한 형태로 전했다. 어쩌다 내 비밀 하나를 털어놓게 되었는데, 그 비밀에 당신은 전혀 관심 없는 모양이다. 물론 반응을 반드시 보여야 하는 건 아니지만 어느 누가 그런 태도를 보여도 놀라울 판에 당신이 판사이고 보니 더 놀랍다……

상대는 난감한 표정으로 그의 말을 들었다.

"그런 인상을 주었다면 미안합니다. 그러나 사실은 전혀 그렇지 않습니다. 제 말을 믿어주세요." 판사의 화법도 흐릿해졌다.

"네, 사실은 전혀 그렇지 않습니다…… 심지어 그 반대죠. 선생에 대한 일종의 존경심 때문에…… 더구나 선생도 말씀하셨듯이 의도치 않게 튀어나온 비밀 얘기이기도 했고요."

루디안은 그에게서 눈을 떼지 않았다. 판사의 말이 옳다고 의식하면서도 그에게 용서를 구하는 것은 자존심이 가로막았다. 끄나풀이건 아니건 여자의 가슴이 덜 부드러웠던 건 아니라는 생각이 머리를 문득 스쳤다. 이어 그녀의 눈물도 떠올랐다. 특히 그 눈물이…… 그런데 경찰의 끄나풀이 어떻게 그런 눈물을 흘릴 수 있었을까? 확실히 불가능하다는 생각과 더불어 그녀가 그런 식으로 운 건 바로 끄나풀이기 때문이라는 생각이 동시에 들어 당황스러웠다.

이것이 그의 마지막 의혹이었다.

끝날 것 같지 않은 하루를 보낸 피로 탓인지 아니면 다른 이유 때문인지, 자신도 모르게 긴장이 풀리면서 마음이 누그러졌다.

"그날 이후로 그 여자를 다시 보지 못했어요." 그가 중얼거렸다.

상대는 눈을 떼지 않고 그의 얘기를 듣고 있었지만 여전히 초조한 기색 없이 아주 침착했다.

"그 여잔 예뻤어요." 루디안이 말을 이었다. "제 말은, 그러니까…… 그녀가 안 변했으면 좋겠습니다."

내가 뭘 하고 있는 거지? 그는 다시 생각했다. 그러나 말을 계속하지 않을 수 없었다.

"그 여자에겐 어딘지 신비스러운 데가 있었어요. 내게서 달아나 붙잡을 수 없는 무언가가…… 그렇지만 난 그녀가 정말 나를 사랑하게 되었다고 믿었죠."

아마 침묵이 길게 이어졌기 때문인지 조심스레 판사가 끼어들었다.

"선생과 같은 예술가와 작가는 여자를 상대로 그런 행운을 누리죠. 이따금 당신들을 향한 사람들의 분노가 부러움 때문이 아닌가 하는 생각이 들 때도 있었습니다. 더 정확히 말하자면, 여자라는 족속을 상대로 작가들이 거두는 성공에 대한 부러움 말입니다."

"나도 사랑에 빠졌던 것 같아요." 상대의 말을 듣지 못한 것처럼 루디안이 말했다. "사랑에 빠지는 능력을 꽤 오래전에 잃었다고 생각했는데 말입니다."

다시 뭔가를 막 떠올린 것처럼 그는 눈을 찌푸렸다. 테이블 표면을 한동안 응시하다 그가 두세 차례 툴툴거렸다. 내가 오래 생각해봤는데…… 그리고 돌변한 눈빛으로 판사를 뜯어보았다.

"당신도 알고 있는 것 같은 느낌이 드는데요."

판사는 더 제대로 들으려는 듯 고개를 앞으로 숙였다.

"제가 안다고요? 뭘요?"

"두 여자는 같은 마을 출신이었어요. 미제나와 그 친구 말입니다…… 아마도 제 여자가 그 여자에게 책을 가져다준 모양인데…… 이건 당신도 알리라고 확신합니다."

이 마지막 말을 그는 거의 쉰 목소리로 조음해냈다.

판사는 의자에 못박힌 듯 꼼짝 않았다.

"그렇다고 칩시다. 그래서요?" 결국 그가 말했다.

"그래서? 그래서라니요?" 루디안이 외쳤다. "당신은 나한테 솔직한 척 연기했어요. 만약 당신이 정말로 솔직했다면 질문을 했어야죠. 설명을 요구했어야죠."

"이해를 못하겠습니다."

"난, 더는 못 참겠군요. 당신은 내 여자친구가 그 여자에게 그 책을 가져다주었다는 걸 알면서…… 저멀리…… 유배지로…… 왜 내게 아무 말도 하지 않았습니까?"

"그렇다고 칩시다." 판사가 다시 말했다. "그런데 왜 제가 선생에게 질문을 해야 합니까? 제 말은, 왜 선생을 성가시게 한단 말입니까?"

"아, 참으로 고맙군요! 왜 나를 성가시게 하느냐고요…… 신사 나셨네요. 정말이지 감사합니다! 허!"

"빈정거리실 건 없습니다. 선생 같은 저명인사들의 경우를 설명드리지 않았습니까. 전 솔직했어요. 결정은 우리가 하는 게 아닙니다."

"그렇다면 왜 나를 호출했습니까?"

"첫째, 선생께서는 아시다시피 조사실이 아니라 당 위원회로 호출되셨습니다. 둘째, 아마도 이 사건에서 이것이 가장 주된 문제인 것 같은데요, 우리가 이 점을 지나치게 중요히 생각한 것 같습니다. 선생께 이미 조금은 말씀드렸죠. 왕실 망명이, 심지어 망명중인 군주가 친히 관계되었을지도 모르는 중대한 사건이라는 의혹이 쏠려서 말입니다."

"그래서요? 무슨 일이 일어난 겁니까? 그 추적은 포기한 겁니까?"

"어느 정도는 그런 셈이죠."

"아…… 우리는 서로를 이해하지 못하고 있군요." 루디안이 말했다. "각자 다른 세계를 맴돌고 있어요. 한 가지 질문만 더 던지게 해주시지요. 마지막 질문이 될 거라고 약속드립니다. 그러고 나면 조용히 놓아드리지요. 질문은 이것입니다. 미제나, 다시 말해 우리가 얘기한 그 여자가 당신네 끄나풀이었습니까?"

처음으로 판사는 짜증을 감추지 않았다.

"아닙니다." 단호한 목소리로 그가 말했다. 그는 비어 있는 커피잔을 입술로 가져갔고, 탁자 위에 다시 내려놓다가 거의 깨뜨릴 뻔했다. "아니에요." 판사는 그를 쳐다보지 않은 채 고개를 저었다. 마치 아니라는 소리가 맞은편에 앉은 상대보다는 자신에게 더 필요한 것처럼.

루디안도 상대를 쳐다보지 않았다.

"당신들이 그 어린 여자에게 무슨 짓을 겪게 했는지는 모르겠는데……" 그는 혼잣말을 하듯 중얼거렸다. "틀림없이 겁을 주고 공포에 떨게 만들었겠지요."

판사가 부정의 표시로 고개를 저었다.

"전혀 아닙니다."

루디안은 쓸쓸한 미소를 억누르기 힘들었다.

"선생께서 놀라실 수도 있지만." 판사가 입을 열었다. "제가 선생께 품고 있는 존경을 입증하기 위해 한번 더 설명을 드려보지요. 그러나 이번이 마지막이 될 겁니다."

잘됐군. 루디안은 생각했다. 그는 이 번뇌에서 어서 빨리 벗어나고 싶었다.

7장

상대의 말은 별안간 암흑 속에 빠지고 지리멸렬해졌다. 우리 판사들이 물론 천사는 아니다. 우리는 모나코공국의 판사가 아니다. 우리는 프롤레타리아의 절대권력을 집행하는 사람들이다. 그러나 선생이나 선생 애인인 학생의 경우에는 대단히 조심스럽다. 저런, 저들의 존경심이 생각보다 훨씬 깊나보군. 루디안은 속으로 생각했다. 그러나 상대는 그에게 오해하지 말라고 했다. 단지 선생 때문만은 아니라고 했다. 그녀가 그의 애인이라는 사실이 고려대상이 된 건 분명하지만 그것 때문만은 아니라고, 다른 이유가 있었다고 했다. 그 이유를 알고 싶은 욕구가 컸지만 그는 판사가 여자를 지칭하는 데 사용한 표현에 훨씬 더 관심이 쏠렸다. 그녀의 이름은 단 한 번도 언급되지 않았다. 대체로 '연인'이나 '애인'이라는 말을 썼고, '여자친구'라는 말도 훨씬 드물게 사용했다. (당신은 누구지? 나의 왕자야, 아니면 다른 여자의 왕자야?) 그런데 이 표현들이 두 사람 사이에서 사용되었는지, 아니면 그녀가 쓴 두 통의 편지 중 하나에서만 사용되었는지 기억나지 않았다. (그리고 나는 누구지? 정말 당신의 연인이…… 당신의 공주가 맞는 거야?……) 그러니까 여자와 관련해 조심스럽게 접근하는 이유는 극작가와의 관계 때문이라기보다는 제삼의 인물과 관련된 것이다. 루디안은 집중하려고 애썼다. 그 인물이란 여자의 아버지다. 일종의 숨은 영웅, 말없이 혁명에 봉사했지만 대가는 하나도 바라지 않은 그런 인물. 루디안은 한층 더 주의를 기울였다. 미제나의 아버지는 정년도 채우기 전 아직 젊었던 사십대에 퇴임하고서 몸보다는 정신의 후유증을 앓고 있었다. 하수인이었군. 루디안이 생각했다. 더 나쁜 경우라면 국가로부터 봉급을 받는 암살자였든가. 그런 사람들의 은퇴 후 삶은 대개 그런 식으로 일상생활과 동떨어져 있지만 누구보다 존중받았다. 따라서 그에 대한 배려로 여자는 크게 심문을 받지 않았던 것이다. 사실 이것이 그녀가 다른 여자, 그 유배된 여자와 맺은 우정을 설명해주기도 했다. 당연히 그 유배는 루슈녀 유배나 수용소 감금처럼 고전적인 유형이 아니었다. 그것은 도시 울타리 안에서 이루어졌다. 어쨌든 주거지 지정은 분명했다. 매일 저녁 경찰서에 출두해 도장을 받아야 했고, 거기에 따르는 제약들이 있었다. 따라서 여자는 학교를 다니긴 했지만 누구도 미제나가 한 것처럼 그녀와 우정을 맺으려 하지 않았다. 두 여자는 가장 똑똑한 학생들이었으며 의심할 바 없이 제일 예뻤다.

제2막 끝에 등장하는 늪지대의 지하저항대원 유령이 루디안의 머릿속에 우뚝 선 채 굳어 있었다.

둘 다 특혜받은 인물이었군. 연인도 아버지도. 그는 생각했다.

그는 다시 씁쓸하게 이죽거릴 뻔했으나 그러지 못했다. 장인이 될 수도 있었을 사람인데. 그는 생각했다. 그 사람은 사위를 찾은 셈일 테고. 한 사람은 불멸의 충성심 때문에 특혜받고, 다른 한 사람은 아마도 불충 때문에 특혜받았다. 콘크리트처럼 견고하군. 이 표현을 그는 몇 년 전 어느 생일파티에서 들은 적이 있었다. 우리 가족에는 당원이 네 사람, 순교자가 두 사람, 그리고 대사가 한 사람 있어요. 콘크리트처럼 견고하죠, 안 그래요? 또다른 누군가에 대해서는 정반대의 말을 낮은 소리로 중얼거리는 것도 들었다. 여자는 명백히 천상의 미모를 가졌지만, 그러면 뭐하겠어요? 집안을 보면 불구나 다름없는데. 아버지는 총살당한데다 사제였고, 고모 둘은 수용소에 갇힌데다, 삼촌은 감옥에 있으니……

"뭐 좀더 드시겠어요?" 판사가 물었다. "전 커피 한 잔 더 하겠습니다."

물론 그러셔야지. 루디안은 생각했다. 새벽 두시, 아니 세시까지 견디려면. 당신이 어떤 사제를 심문하게 될지도 모르니. 사제라는 게 아직 남아 있다면 말이지만.

피로가 다시 덮쳐오는 것 같았다.

"그러면 자살은?" 그가 낮은 소리로 물었다. "정확히 뭐가 문제였죠?"

상대의 얼굴이 어두워졌다.

됐다. 다시 움츠러드는군. 더는 나올 게 없겠어. 루디안은 속으로 생각했다.

판사는 머뭇거렸다. 그가 그런 태도를 감추지 않은 건 처음이었다.

"그건 다른 문제예요……" 그가 마침내 내뱉었다.

루디안은 다음 말을 기다렸다. 나올 게 없다는 것이 분명해질 때까지.

"사적인 이유입니까?"

판사는 얼추 그렇다는 뜻으로 손짓을 했다.

"뭐 그런 셈이죠." 그가 덧붙여 말했다.

"그렇다 해도……" 루디안은 말했다.

그는 이렇게 말하고 싶었다. 그렇다 해도 알고 싶군요.

상대는 한동안 그의 눈을 뚫어져라 쳐다보더니 입을 열었다.

"선생은 모르시는 편이 낫습니다." 그가 답했다.

루디안은 가슴속에서 무언가 깨지는 느낌을 받았다. 이 말을 듣는 게 벌써 두번째였다. 이 이야기와 그가 무슨 관계가 있으며, 어떤 이유에서 그를 난데없이 주인공처럼 대하는지, 그래놓고 어떤 비밀스러운 이유로 진실의 일부를 숨기는지 묻기도 전에 분노가 판단을 흐려놓았다. 뭐라고?! 그가 속으로 외쳤다. 어째서 늘 나 혼자만 알 권리가 없는 거지? 온통 나를 귀찮게 하지 않겠다는 자비로운 배려의 흔적뿐이군! 이런 조심스러운 배려는 자기들을 위해서나 할 것이지! 아니면 저들의 엉성한 영웅에게나 주든지! 그는 아직 그 영웅의 사위가 아니었다.

보아하니 판사가 손짓을 한 모양인지 종업원이 서서 새 주문을 기다리고 있었다.

"베트남 커피 말고 다른 커피는 없습니까?" 루디안은 불만을 감추지 않고 물었다. "베트남 것만 아니면 뭐라도 좋아요."

종업원이 어깨를 으쓱였다.

"일단 주방장에게 물어보시죠." 판사가 타협적인 목소리로 끼어들었다.

루디안은 조금 전에 간파했다고 믿었던 배려의 기색을 읽을 수 있을지 확인하기 위해 다시 상대와 눈을 마주치려고 애썼다.

누구의 것이건 연민은 필요 없었다. 판사의 연민이라면 더더욱 그랬다. 천 킬로미터나 떨어진 곳에서 일어난, 한 번도 본 적 없는 젊은 여자의 자살에 그가 대체 무슨 상관이 있단 말인가? 저자가 행여 연민이라는 감정을 안다면 그건 자기 자신을 위해 간직할 일이다. 혹시 그 여자에게 헌사를 쓴 책을 준 것에 그가 죄책감을 느끼게 만들었다고 믿는 걸까? 멍청한 판사 같으니, 조사실의 다른 멍청이들도 그렇고 머릿속에 대체 뭐가 든 거야. 작가들을 참새 한 마리 죽인 것 때문에 몇 달 동안 죄책감에 시달리고 늘 구름 속을 헤매는 지각없는 인간들로 아는 거야? 얼간이 같으니. 그는 속으로 투덜거렸다. 저 인간은 작가들의 잔인성에 대해 아는 게 하나도 없군. 역할이 뒤바뀌어 나 루디안 스테파가 심문했다면, 자기가 수갑 차고 의자에 묶인 채 자신의 절규를 들어야 했으리라는 걸 저자는 상상도 못하는군. 더러운 국가 앞잡이, 젖먹이 애에게 세례를 주었다는 이유로 고문하면서 어떻게 메슈칼라 신부*의 눈을 뽑았는지 말해보시지. 화가가 보는 앞에서 그의 그림들을 어떻게 찢어발겼는지도 말해보라고. 차라리 제 손가락을 자르세요. 제 작품만은 건드리지 말아줘요! 이렇게 애원하는데도 말이야. 이런 짓을 사십 년 동안이나 해왔다는 걸

---

* 공산당의 협력 요청을 거부하고 공개적으로 당을 비판해 체포된 가톨릭 신부.

말하라고……

"베트남 커피밖에 없어요." 종업원이 다시 와서 죄지은 목소리로 말했다.

"뭐든 주세요." 판사가 말하고는 루디안에게 물었다. "아니면 코코아를 드시겠어요? 여기 코코아는 나쁘지 않아요."

루디안은 고개를 끄덕였다. 빌어먹을, 종업원들이 잘하는 게 있다면 이야기의 끈을 끊어놓는 기술만큼은 아주 탁월하지. 그의 눈길은 상대의 손에 머물러 있었다. 그러자 수갑 생각을 했었다는 게 떠올랐다. 그래, 확실히 수갑을 채워서 심문했을 거야. 여섯 시간짜리 피델 카스트로의 연설을 토해내는 스피커 밑에서, 작은 잔이 아니라 커다란 그릇으로 끝없이 베트남 커피를 홀짝이며 힘을 냈을 거야! 당신 섬세한 척했겠다, 응? 책에 쓴 헌사를 마지못해 언급하며 기분 상하게 하지 않으려고 대단히 조심했지? 우리한테서 그런 너그러움은 기대하지도 마!

우리한테서…… 그가 거듭 생각했다. 왜 이토록 분노하느냐고? 우리 작가들은 가진 게 아무것도 없으니까. 수갑을 가진 건 당신들이다. 우리가 가진 거라곤 꿈밖에 없다.

문득 상대의 눈이 그의 손을 응시하고 있다는 느낌이 들었다. 자기 일에 자부심을 느끼는 훌륭한 조사관으로서 그는 틀림없이 주머니에 수갑을 가지고 있을 것이다. 러시아 분리주의자들이 쓴 이야기에서 읽었듯이 체포는 예기치 않은 방식으로 벌어지는 법이었다. 이를테면 영화 상영 동안 옆자리에 앉은 사람이, 인간 종자 가운데 만날 수 있는 천성이 행복한 이들, 별것 아닌 일에 기뻐하는 이들을 생각나게 하는 그런 옆사람이 배우들 대사 한마디 한마디에 포복절도하는 동안 멍청이 요원이 불쑥 주머니에서 수갑을 꺼내고, 당신은 갑자기 오른손과 왼손이 단단히 묶인 느낌을 받는 것이다.

이날 그가 몇 차례 피해보려 했지만 피할 수 없었던 베트남 커피 잔을 둘러싸고 그곳에서 체포가 벌어진다 해도 불가능한 이야기가 전혀 아니었다. 두러스거리 6번지 카페플로라에서 가진 만남의 마지막 순간에 그가 그토록 오래전부터 피하려고 애써온 일이 결국 일어난다 해도.

카페를 나오는데
경찰이 나를 잡아갔다……

판사가 그러려다 생각을 바꾼 게 분명했다. 그게 아니라면 판사의 눈에 어린 연민의 빛이 어디서 나왔겠는가. 그리고 아마도 연민 때문인지, 이승에서 누릴 기회를 더는 갖지 못할 기쁨을 그에게 나누어주려는 듯 커피에 커피를 거듭 권하는 것도 그랬다.

아마도 사건을 종결하던 참이었겠지. 그는 생각했다. 심리 방향이 완전히 다른 쪽으로 바뀐 것이다. 자살은 흩어진 군주제 지지자들 패거리에 보내는 메시지에서 *그*가 아무것도 모르는 편이 나은 개인사로 변했다.

그런데 언제부터 죄인이 자기 악행을 모르는 편이 낫게 되었지?

넌 알아야만 해. 마치 수갑 찬 자신의 모습을 이미 보고 있는 양 그는 생각했다. 모르면 찾아! 혼자서도 찾을 수 있어.

지그재그를 그리는 번개의 섬광처럼 어떤 생각이, 아니 그 비슷한 무엇이 그의 뇌리를 스쳤다. 그러나 너무 순식간에 지나가 생각이라고 부르기도 힘들 정도였다. 그의 결백 여부는 국가의 결백 여부와 결부되고, 그것은 다시 행운인지 악운인지 명확하지 않은 운과 결부된 것 같다는 생각. 모든 것이 그의 앞에 살짝 벌어진 균열 아래 아직 눈에 보이지 않는 중심에서 발산되는 듯했다.

그 이상은 포착할 수가 없었다. 균열은 활짝 벌어지기도 전에 이미 닫혀버렸고, 사그라져가는 불꽃도 수년간의 소멸을 응축한 것처럼 냉각되면서 희끄무레해졌기 때문이다.

그래도 그가 몰라야 할 무언가를 알게 되었다는 느낌은 남았다. 벌어진 틈새로 보이던 형체는 여전히 불명확했지만 어쨌든 무언가가 나타났기에 그는 이렇게 말하고 싶었다. 아니, 이 사건은 끝난 게 아니야. 그들은 손을 놓았지만 그는 아니었다. 이 사건엔 한 가지 수수께끼가 있었고, 판사도 처음엔 그걸 인정했다. 지금은 기억 못하는 것처럼 굴고 있지만.

그의 머릿속을 헤집는 혼란이 고약한 커피 때문인 건 틀림없었다. 그가 아무것도 모르는 편이 낫다고 그들이 생각한다는 사실이야말로 그가 알아야만 한다는 증거였다.

찾아내! 그는 속으로 말했다. 저들이 원하지 않더라도 넌 찾아내야 해.

마음속 고요가 그를 오싹하게 했다. 그래, 진실을 알아내는 건 저들의 몫이 아니라 네 몫이야.

자신을 아끼려는 듯 그는 이제 다른 식으로 조심스럽게 스스로에게 말을 걸었다.

왜 하필이면 그의 서명이 된 책이 그 여자 수중에 들어가야 했을까? 초여름에, 소리 없이 몰래?

저건 팬텀기예요. 언젠가 북베트남에서 야간폭격이 시작되기 직전 그의 수행원이 알려준 적이 있었다. 유령처럼 소리 없이 비행하기 때문에 그런 이름으로 불린다는 걸 그는 나중에야 알게 되었다.

유배에 처해진 여자들이 알바니아 전역에 수천 명이나 있었지만 팬텀기가 겨냥한 건 그였다.

조심하세요. 같은 날 저녁 북베트남의 그 외진 지역에서 잠자리에 들려던 찰나에 수행원은 말했다. 코브라가 있을지도 몰라요.

빌어먹을. 이렇게 속으로 중얼거리며 그는 정말이지 어쩔 수 없는 일이라고 생각했다. 베트남 커피가 그곳을 떠올리게 하는 건 지극히 자연스러운 일 아닌가.

항로를 벗어난 팬텀기 한 대가 메마른 산 위를 날고 있다……[*]

그만 좀 해! 그가 속으로 외쳤다.

"뭔가가 잘 맞지 않아요." 마침내 그는 내뱉었다.

그사이 판사가 떠났다는 걸 확인하게 되었더라도 놀라지 않았을 것이다. 하지만 판사는 여전히 그 자리에 있었다.

"뭐라고 하셨죠?"

"수수께끼가 하나 있어요. 아무래도 그게 아니라고는 생각할 수가 없군요."

상대는 숨을 깊이 들이마셨다.

"전 그렇게 생각하지 않습니다만."

"지난번에 당 위원회에서는 그렇게 생각한다고 당신 입으로 말했잖습니까."

---

[*] 알바니아 근대문학의 선구자 라스구시 포라데치의 시 「포그라데츠」에서 "길 잃은 독수리 한 마리가 메마른 산 위를 날고 있다"를 패러디한 것이다.

"압니다. 그렇지만…… 심리를 마치고 나니……"

루디안은 그의 말을 듣고 있기가 힘들었다.

"난 나도 모르게 어떤 불행의 원인이 되고 말았단 말입니다."
그가 지친 목소리로 말했다.

"그런 생각은 하지 않는 편이 좋습니다. 그런 데 집착해봤자
사건의 심리에 전혀 도움이 되지 않아요."

"아, 네, 그렇군요. 이 년 전 베트남에 있었을 때 우리 침대 머
리맡에는 야간폭격에 대비한 작은 우물 형태의 방공호가 있었습
니다. 반쯤 잠든 상태로도 눈 깜짝할 새 그곳에 뛰어들 수 있었
죠. 그런데 사실인지 아니면 날 놀리려고 한 얘긴지 몰라도 수행
원이 내게 그러더군요. 조심하세요. 방공호 바닥에 코브라가 있
을지도 몰라요!"

판사가 아랫입술을 깨물었다.

"그런 식으로 생각하셨다니 안타깝군요. 위협할 의도는 전혀
없었어요. 행여 그러고 싶었더라도 그럴 방도가 없었을 겁니다."

"알겠습니다. 딴 얘기나 하죠."

기운 빼는 피로가 다시 엄습해왔다. 칼리굴라라는 이름이 나
머지에서 완전히 떨어져나와 한동안 생각의 진앙지를 차지했다.

"내가 전화를 괜히 걸었나봅니다. 누군가에게 말을 하고 싶었
어요. 그리고 당신이 유일한……"

"이해합니다."

"당신도 아시겠지만 이 사건에서 난 무엇보다 속마음을 털어놓을 수 있었던 유일한 사람을 잃었어요."

"죄송합니다만, 저와 상관없는 일에 끼어드는 건지도 모르겠는데, 그러니까 그 여자분을 말씀하시는 건지요. 그러니까……제 말은…… 선생님의 현재 여자친구 말입니다……"

"그렇습니다." 루디안이 말했다. "도무지 무슨 일이 일어난 건지 모르겠어요."

두 사람의 눈길은 차마 서로를 향하지 못했다.

"소식을 전혀 듣지 못하고 있어요. 늘 그 사람이 전화로 연락을 해왔는데 말입니다."

"아, 네."

"내가 그 여자가 개강을 기다리며 임시로 지내는 이모 집 아파트 창문 밑에 가 동네 불량배처럼 휘파람을 불 생각은 할 수 없다는 점 이해하시겠지요."

"물론입니다."

이야기를 더 이어가기 전에 그는 속으로 자기 자신에게 외쳤다. 불량배 같은 자식!

저속한 불량배! 그가 거듭 외쳤다. 바로 이 때문에 이 만남을 청한 것이었다. 그는 오만 가지 우회로 목적을 감추었다. 베트남

폭격, 코브라, 맛없는 커피, 카스트로의 긴 연설. 사실 이 모든 게 그저 미제나의 젖가슴을 다시 보기 위해서였을 뿐이었다.

계속 기를 써보시지그래. 천박한 국립극장장도 좋고, 내각, 베네치아 타워, 회교성원, 티라나를 통째로 끌어들이고, 수치심을 어디다 쑤셔박아야 할지 모를 제르지 카스트리오티*의 조각상까지 끌어들여보라고. 차라리 조사실에다 사랑하는 여자를 되찾아달라고 부탁해봐. 간단하잖아!

가관이군! 그는 생각했다. 뻔뻔하게도 그런 생각을 떠올리더니 이젠 감히 실행에 옮기려고까지 하다니. 저 빌어먹을 전화는 이 건물의 모든 층을 통틀어 하나뿐이니 모두가 저기로 몰려들 거라 당신들은 생각하겠군요. 부부싸움, 험담, 병원 호출, 디저트 요리법 등등 온갖 얘기가 몰려들 거라고 말이죠…… 상대는 생각에 잠긴 얼굴로 그의 말에 귀를 기울였다. 루디안 스테파만 좋다면 판사는 도울 준비가 되어 있었다. 그에게 이런 일은 식은 죽 먹기였다. 부하 두 명만 보내면 어려움 없이 여자를 찾을 수 있을 것이다. 그리고 그들은 그녀를 설득할 줄 알 것이다. 곧 다시 나타나는 그녀를 보게 될 것이다. 소문이 날 걱정은 하지 않아도 좋다. 요원들은 눈에 띄지 않게 행동할 줄 알기 때문이다.

---

* 알바니아의 민족 영웅 스칸데르베그의 본명.

그들은 끄나풀 하나를 그에게 붙이는 것이라 생각할 것이다. 이
유야 쉽게 짐작할 수 있다.

루디안은 생각했다. 처음 의심이 들었을 때부터 그가 머릿속
에서 구상한 대로 모든 게 이루어질 터였다. 케케묵은 극작품 도
식처럼……

최악의 경우 요원들이 선생을 살짝 부러워하겠지만 큰 문제는
아닐 겁니다. 판사가 말을 이었다. 선생이야 그런 일에 익숙하지
않습니까.

그들이 헤어지기 전에 나눈 마지막 말은 대략 이러했다.

잠시 후 그가 술 취한 사람처럼 국립은행을 따라 걷고 있을
때, 그가 냄새를 맡은 수수께끼를 판사도, 심지어 국가도 눈치채
지 못했다는 생각이 다시 내면에서 계시처럼 번득였다.

8장

제2막. 늪지. 물에서 몇 발짝 떨어진 지점에 지하저항대원의 시신이 있다. 오른쪽 무대 전면에는 사무용 책상 하나. 두 인물이 서류를 앞에 놓고 의자에 앉아 있다. 세번째 인물은 그들 맞은편에 앉아 심문을 당하고 있는 것 같다.

루디안 스테파는 타이핑된 종이를 신경질적으로 뒤적였다. 그는 문제가 제2막 후반부, 유령의 등장에서 시작된다고 믿었다. 그런데 지금은 이 막이 초반부터 비판의 빌미를 제공하는 게 아닌지 걱정되었다.

예술 심의회로부터 걸러져 들려온 최근 소문 때문에 그는 비난이 무엇에 집중되었을지 짐작해보기 위해 작품을 직접 재검토

한 참이었다. 단어들뿐 아니라 그 단어들을 사용하는 사람들의 표현까지 떠올려보려고 애썼다. 이따금 그의 상상은 심의회에 참석하는 유일한 여자 배우의 아름다운 얼굴에 머물렀다. 자세히 전해들은 그녀의 고뇌만이 이 모든 어려움 속에서 그의 유일한 위안거리였다.

무대에 서로 다른 두 개의 시간이 공존한다는 걸 어떻게 관객에게 명료하게 전달할까. 하나는 1943년 늪지대에서 살해당한 지하저항대원의 시간이고, 다른 하나는 그로부터 오 년 뒤 반역행위로 범해진 살인 몇 건에 관한 당 위원회의 심리가 진행되는 시간이라는 걸. 그는 비판을 받아들였다. 게다가 연출자와 그는 모든 혼동을 피할 방법을 찾으려고 애썼다. 이를테면 '1948년 2월. 유고슬라비아인들의 선동에 따라 코치 조제*가 자행한 범죄들에 대한 조사 위원회'라고 백묵으로 적은 칠판을 활용하는 것이다. 이걸 브레히트식으로 너무 삭막하고, 어떤 면에서 너무 교훈적이라 판단한다면 대지도자의 말을 적은 두번째 칠판을 덧붙일수도 있었다. '당은 이 살인들에 대해 진실을 요구한다!'

아, 그저 이 정도로 그친다면 얼마나 좋을까! 루디안이 한숨을

---

* 알바니아의 총리로서 알바니아를 유고슬라비아연방에 편입시키려 했으나, 소비에트연방의 지원으로 알바니아가 독립한 뒤 호자 정부에 의해 체포되었다.

내쉬었다. 사람들이 전한 바와 같이 고뇌로 천상의 아름다움이 깃든 여자 배우의 눈도 그저 보잘것없는 위로에 불과했다.

그는 텍스트 초반부가 불러일으킬 느낌이 더 잘 드러나도록 큰 소리로 다시 읽어보았다.

위원회 위원 1: (피고에게) 피고는 1943년 10월, 뻐꾸기벌판에서 일어난 지하저항대원 로베르트 K.의 죽음 때문에 기소된 것입니다. 해명해보세요.

피고: 그건 살인이 아닙니다. 저는 살인자가 아니에요. 지하저항군 법정에서 언도한 판결을 집행했을 뿐입니다.

위원회 위원 2: 그 판결의 근거는 뭐였죠?

피고: (자신 없는 목소리로) 경거망동, 자만, 동지들을 향한 빈정거림……

위원회 위원들: (거의 한목소리로) 그런 이유라니 놀랍군요.

그후로 대화는 제 흐름대로 흘러갔다. 죄명치고는 통상적이지 않은데요? 그 시절에는 놀라울 것도 없었습니다. 게다가 어차피 피고는 이유를 듣고 싶어하지 않았습니다. 줄곧 빈정대기만 했어요. 선고 후에도 말입니까? 그렇습니다. 믿기 힘들군요. 사형선고를 받은 사람이 계속해서 빈정댄다? 뭘 빈정거린 겁니까?

죽음? 동료들입니다. 아, 동료들. 그런데 대체 어떤 재판이길래 그자가 겁내지 않은 겁니까? 재판이 끝나면 자신이 선고받으리라는 걸 몰랐나요? 물론 알았습니다. 그런데도 계속 빈정거렸단 말이죠? 그렇다면 그가 동료들을 야유한다는 건 어디서, 어떻게, 누구를 통해 알았습니까? 그는 감옥에서 수갑을 차고 있지 않았습니까? 아닙니다. 감옥이며 수갑은 부르주아들의 도구였죠. 그렇다고 칩시다. 그럼 가축을 피신시키는 동굴 속에 밧줄로 묶여 있었습니까? 아닙니다. 그럼 자유로운 몸이었습니까? 그렇습니다. 그랬으니 야유를 쏟아낼 수 있었던 것 아니겠습니까? 그렇죠. 하지만 선고는 정신적이고 상징적인 차원에서 내려진 게 아니라, 다시 말해 이론적인 것이 아니라 진짜 사형선고였잖습니까. 물론 그랬죠! 그래서 사형을 집행하기로 결정한 겁니까? 그렇습니다. 처음엔 다른 저항대원 두 명에게 맡기기로 했는데 그들은 할 수가 없었죠. 왜죠? 무엇 때문에 못했지요? 빈정거림이 더욱 심해졌기 때문이죠. 그가 야유를 퍼부어서 죽이지 못했다고요? 보아하니 그랬던 모양입니다. 그렇다면 자신이 처형당하리라는 걸 그가 깨닫고 나서야 그를 처형할 수 있었겠군요? 다시 말해 그가 야유를 멈춰서 살인자에게 행동할 시간을 줬을 때야 말입니다. (피의자의 침묵.)

심의 위원회의 자료에 포함되지 않았더라면 루디안 스스로 이 장면을 터무니없다고 여겼을 게 분명했다.

어쩌면 예술 심의회 위원들은 상황의 기괴함에 대해 그리 오래 생각하지 않았는지 모른다. 왜냐하면 바로 이 순간 처음 유령이 등장하기 때문이다.

유령이 몇몇 위원에게 공포를 불러일으키리라는 것은 그도 예상한 일이었다. 여기 유령이 뭣하러 등장하는 거야? 무대에 올리려는 것이 〈햄릿〉이야 아니면 사회주의리얼리즘 연극이야? 옹호하려고 애쓰는 이들도 있었다. 따지고 보면 셰익스피어도 유령을 처음 생각해낸 사람은 아니잖아. 세네카도 마찬가지고. 두 사람 모두 민중에게서 끌어왔을 뿐이라고.

그가 보기엔 이 변호가 먹힐 것 같았다. 어쨌든 요 며칠 동안 그는 줄곧 이 생각을 골똘히 했고, 마침내 해결책을 찾은 것 같았다. 자정 직전 자려던 순간에 문득 어떤 생각이 그의 뇌를 스쳤다. 참으로 당당하고, 다른 모든 걸 압도하는 생각이어서 최근의 사건들—당 위원회의 호출, 괴로웠던 아침시간들, 티라나의 여러 카페에서 겪은 쿠바-베트남 시련, 미제나와 그녀의 눈물—마저 갑자기 흐릿해졌다.

그는 변화를 감행할 작정이었다. 수천 년 동안 극작가들이 감히 조금도 시도하지 못한 수정. 유령 말이다. 외적인 변화가 아니라—턱시도나 방독면 차림으로 안개에 휩싸여 흐릿하게 등장하는 유령—내적인 변화 말이다. 유령은 이중의 개연성을 가질 것이다. 이 용어가 유령을 규정하는 데 도움이 될 수 있다면 말이다. 두 개의 의식 또는 두 개의 프로그램뿐 아니라 다른 존재들과의 교류 가능성 또한 이중으로 가진 어떤 존재 또는 로봇일 것이다. 따라서 살인자가 위원회에서 심리를 받고 지하저항대원의 시신이 늪지대를 떠나 유령이 되는 장면에서 죽은 자와 위원회가 주고받는 대화는 살인범에게는 들리지 않을 것이다. 마찬가지로 유령과 살인자가 주고받는 대화도 위원들에게는 들리지 않을 것이고.

이런 이원적 특성으로 유령은 같은 현실에 있으면서도 두 개의 별개 영역에서 활약한다. 이 두 영역은 어떤 경우에도 마주치지 않는다. 그래서 그것을 더 잘 식별할 수 있도록 한쪽은 무대 위에서 파란 조명을(살인자와 대화할 때), 다른 한쪽은 다른 색, 흰색이나 보라색 조명을 받게 될 것이다(위원회와 얘기할 때).

원고에서 유령이 등장하는 부분에는 그사이 주석이 덧붙었다. 사건 속 등장만 그대로 남을 것이다. 저항군의 시신이 누워 있던 장소에서 서서히 일어나 증언대로 다가간다.

루디안은 이런 새로운 변형본을 생각했다.

흰색 또는 보라색 조명 아래 유령이 다가온다.

위원회 위원 1: 로베르트 K., 당신은 1943년 9월 29일, 뻐꾸기 벌판이라는 곳, 지도에 나오지 않는 늪지에서 목덜미에 총을 한 발 맞고 쓰러졌습니다. 저항군 법정에서 언도한 선고의 이유는 무엇이었습니까?

유령: 어떤 법정도 저한테 선고를 내린 적 없습니다. 저는 당신들 앞에 앉아 있는 남자가 쏜 총을 목덜미에 맞고 쓰러진 겁니다.

살인자는 미동도 없다. 그들이 하는 말을 듣지 못하는 게 분명하다. 그는 그저 아무것도 보이지 않는 텅 빈 공간을 향해 치켜든 두 위원의 머리를 응시할 뿐이다.

위원회 위원 2: 이 사람은 당신에게 사형선고가 내려졌고, 자신은 법정의 선고를 실행에 옮겼을 뿐이라고 주장합니다. 이 사람 말로는 당신이 동료들을 빈정거린 죄로 선고를 받았다던데. 그러고도 계속 빈정거렸다고요.

유령: 저는 그 선고에 대해 들은 바가 없습니다. 죽음이 그들의 머릿속에 있었다면 저는 모를 수밖에 없었겠죠. 전 누구도 조롱하지 않았습니다. 그건 그들의 느낌이었을 뿐입니다.

유령을 비추는 조명이 파란색으로 변한다.

유령이 위원회 위원들과 얘기할 때 살인자에게 보이지 않는 것과 마찬가지로 이제 그가 살인자와 얘기하는 동안 위원들에게는 그 모습이 보이지 않는다.

유령: 저항군 법정이니 뭐니 하는 그 헛소리는 대체 뭐야?

살인자: 네가 죽어야만 하는 걸로 결정이 났다는 거지.

유령: 왜? 누구의 결정인데? 내가 무슨 잘못을 저질렀다고?

살인자: 넌 알 필요 없어.

유령: 소송을 할 땐 사소한 것이라도 사형수에게 판결의 이유를 알려줘야 하는 거야.

살인자: 그딴 게 뭐가 중요해? 사실을 아는 사람은 다 죽었어. 내가 유일한 생존자야. 네 말은 이제 아무도 듣지 못한다고.

유령: 혹시 알아?

살인자: 아, 늘 그러듯 넌 또 일을 복잡하게 만들려는군!

유령: 적어도 난 알아야지. 난 열일곱 살이었어. 왜 내가 죽어야 했지?

살인자: 넌 모르는 게 나아.

유령이 늪지로 물러간다. 그는 저항대원의 시신 가까이 다가가 자세를 낮추더니 시신과 하나가 된다.

위원회 위원 1: (살인자에게) 그래서요? 어떻게 된 겁니까?

살인자: 그런 다음 우리는 떠났죠. 사형수와 저는 도시 방향으로 갔습니다.

위원 1: 왜 떠났죠?

살인자: 판결문을 실행에 옮기려고 그랬습니다.

위원 1: 왜 근처 모래사장이나 구덩이 속이나 덤불숲 뒤에서 실행하지 않았습니까? 보통은 그렇게 총살하지 않습니까.

살인자: 모르겠습니다. 결정된 대로 했습니다.

위원 2: 사형수는 묶여 있었습니까?

살인자: 아뇨. 동지들은 저를 믿었습니다.

위원 1: 어디서 처형해야 했습니까? 다시 말해 누가 장소를 골랐죠? 당신입니까? 그 사람입니까?

살인자: 접니다.

위원 2: 그래서요? 무슨 일이 있었습니까? 얘기하세요!

살인자: 가는 동안 그 친구가 불쌍해졌어요. 아무리 죄인이라지만 우리는 함께 전쟁을 치른 사이였으니까요. 전 이렇게 말하고 싶었어요. 가, 넌 자유로운 몸이야. 그런데 바로 그 순간 그 친구가 저를 향해 무기를 들이댔죠.

위원 2: 뭐라고요? 그자가 무기를 가지고 있었단 말입니까? 손도 묶이지 않은데다 무기까지 가졌다고요?

살인자: 그 시절엔 그랬습니다. 전사에게서 무기를 빼앗는 법이 없었죠. 손에 무기를 든 채 죽는다고들 말하잖습니까.

위원 1: 이상하군요…… 그래서요? 계속하세요!

살인자: 그 친구가 저를 앞장세워 늪지까지 걷게 했죠. 밤이 내렸어요. 도시의 불빛이 멀리서 보였습니다.

위원 2: 그래서요?

살인자: 그 불빛이 그자의 주의를 산만하게 만들었어요. 그 틈을 타 그를 죽였어요.

위원 1: 정당방위였다. 전에 그렇게 말했죠.

살인자: 그렇습니다.

위원 2: 정당방위라. 등뒤에서 총을 쏘았는데……

늪지에서 유령이 피신처를 떠나듯 시신의 몸에서 빠져나온다. 그러더니 일어나서 아까처럼 다가온다. 그는 보라색을 띠고 있다.

위원 2: 당신이 사형선고를 받았다는 건 언제 알았습니까?

유령: 몰랐습니다.

위원 1: 그렇지만 뭔가 느꼈을 것 아닙니까. 적대적인 기운이라든지. 원한 같은 것……

유령: 맞습니다. 그런 것도 있었죠. 그렇지만 날에 따라 달랐습니다.

위원 2: 누군가와 다퉜습니까? 의견대립이 있었습니까?

유령: 네. 그 사람들 보기엔 내가 건방지고 변덕스럽고, 한마디로 도시사람이었죠. 우리는 생각도 달랐어요. 이를테면 사랑

에 대한 생각 말입니다. 그들은 반대였죠. 적어도 해방 때까지는요. 그들이 말한 바로는 그렇습니다.

위원 1: 그래서요? 어떻게 해서 두 사람이 도시 쪽으로 나오게 된 겁니까?

유령: 그렇게 결정이 났어요. 나중에 알게 될 거라며 무슨 임무 얘기를 하더군요.

위원 1: 떠나라는 명령은 누가 내렸습니까?

유령: 경찰 부서장입니다.

위원 2: 아…… 그가 마지막에 당신들에게 내린 지시는 어떤 거였죠?

유령: 내 기억이 맞는다면 부서장이 무슨 말을 했는데 반쯤은 농담이었어요. 화해 운운하면서 이 임무가 우리를 가깝게 해줄 거라고 했죠.

위원 2: 저런……

위원 1: 가는 길에 얘기를 나눴습니까? 부서장이 암시한 것처럼 가까워졌습니까? 아니면 사이가 더 틀어졌습니까?

유령: 이도 저도 아닙니다. 거의 대부분 말없이 걸어갔죠.

위원 2: 그러다가요?

유령: (턱으로 늪지를 가리키며) 그러다 저 장소에 이르렀죠. 날이 어둑해졌더군요. 멀리 도시의 불빛이 보였어요. 불빛을 본

게 참으로 오랜만이었죠. 그래서 난 그 자리에 굳어버렸습니다. 불빛이 제 마음속에 견디기 힘든 향수를 일깨웠거든요…… 보아하니 그 친구에겐 불빛이 정반대의 효과를 낸 것 같았습니다. 내가 그러고 있는 사이 그자가 내 뒷덜미에 권총 한 발을 쏘았죠.

위원회 책상. 위원들이 살인자에게 바깥에서 기다리라고 요구한다. 유령은 늪지로 물러간다.

위원 1: (서류를 뒤적이며) 새로운 게 전혀 없군. 벌써 세번째 서류를 검토했지만 여전히 제자리야.

위원 2: 옛날부터 잘 알던 일 아닌가. 이런 유형의 사건만 시작하면 특별명령이 내려와 종결시켜버리니. 그래도 이번에는 단호해. 유고슬라비아인들과 관계된 것이니 포기란 있을 수 없다. 이건 스탈린의 지시라고.

위원 1: 믿기 힘들군. 살인자는 여전히 당당해 보이는걸. 아직까지 지지와 보호를 받고 있고.

위원 2: 그렇게 생각하나?

위원 1: 자료에서 이 년 전 그자가 중앙 위원회에 보낸 편지를 찾았어. 당은 나를 서열에서 배제했지만 나는 계속해서 당을 지지하겠다!

위원 2: 나도 알아. 그 편지 때문에 웬 젊은 극작가, 그 구제불능의 멍청이가 '당의 개'라는 제목의 극도 지었지. 자네 생각엔 누가 단죄됐을 것 같나? 개? 절대 아니지! 단죄된 건 다른 쪽이지. 극작가 말이야. 십팔 년 감금.

위원 1: 그럴 줄 알았네.

그들은 살인자를 호출한다.

위원 1: 마지막으로 묻겠습니다……

파르스름한 조명 아래 유령이 다시 나타난다.

유령: 이번에도 빠져나갈 희망을 품고 있겠지. 보아하니 자기들끼리 적당히 처리할 모양이군. 묵은 빨래를 가족끼리 해치우듯이 말이야!

살인자: 물론이지.

유령: 끼리끼리 잘해봐. 그거야 당신들 일이니까. 난 그저 알고 싶을 뿐이야. 마지막으로 묻겠어. 왜 나를 죽였나?

살인자: 이미 말했잖아. 모르는 게 낫다고.

유령: 아, 그놈의 말만 안 들을 수 있다면……

살인자: 날 협박하는 거야? 너 같은 인간을 내가 얼마나 많이 봤는지 모르는군…… 체념하고 받아들여. 넌 아무것도 아니야. 무無에서는 아무것도 나올 수 없어. 무밖에 못 나오지.

유령: 내 질문에나 대답해! 내 질문에 대답하라고. 내가 묻잖

나. 인간…… '인간으로서'라고 말하고 싶은데 내가 더이상 인간이 아니군. 혼령으로서, 혼백으로서 묻는 거야!

살인자: 괜한 헛수고 마. 네가 이 일로 얼마나 괴로워하는지는 알아. 사람들 말마따나 무덤에서 거부당했으니 왜 안 그렇겠어. 그래서 그런 색으로 헤매다가 또다른 색으로 헤매는 것이겠지만 다 부질없는 짓이지. 넌 아무 결과도 못 얻어낼 거야. 매번 더 괴롭기만 할 뿐이야.

유령: 누가 알겠어, 언젠가 누군가 내 말을 듣게 될지?

살인자: 하하…… 내 말 머릿속에 단단히 집어넣어. 딱 한 번만 더 반복할 테니. 행여 내가 단죄되더라도, 내가 반역행위로 널 죽였다는 걸 입증하게 되더라도, 넌 원하는 걸 결코 알아내지 못할 거야. 그 이유 말이야.

유령: 언젠가는 튀어나올 거야.

살인자: 절대로! 인간은 고양이처럼 웅크려 진실을 자기 몸으로 덮어 감추지. 책, 이론, 끝없는 노고, 소아질환 같은 극좌 사상, 노년의 보수성, 주저리주저리, 이게 다 모든 걸 덮어버리기 위한 거거든.

유령: 아냐!

구불구불 인상적인 불빛이 파르르 떨리며 그를 관통한다.

살인자: 이건 뭐지?

유령: 네가 도시 불빛을 보았을 때 날 죽였잖아. 그전엔 살짝 망설이더니 불빛을 본 뒤로 미친 사람처럼 변했지.

살인자: (당혹스러워하며 자기 자신에게 말하듯이) 네가 뭘 안다고?

유령: 우리에게도 몇 가지 특권은 있어. (구불구불한 불빛이 더 강렬해진다) 이 불빛이 네 옛 광기를 되살려놓았던 거야. 내가 이 부대에 도착한 날부터 느꼈던 광기 말이야. 네 첫마디에서 느꼈지. 어이, 대학생, 네 뱃속에 뭐가 있는지 좀 보자고!

살인자: 저런! 그게 네가 했다는 대단한 발견이야?

유령: (세번째 구불구불한 빛을 받으며) 아니, 그보다는 더 심오한 거야. 어떤 여자도 다정하게 널 쳐다본 적이 없었지. 그래서 너와 네 패거리가 모조리 사랑에 적대적이었던 거야.

살인자: 우리가 저항군을 공격한 건 전쟁을 하기 위해서였어, 연애가 아니고 말이야.

유령: 당신들이 사랑을 좋아하지 않은 건 사랑이 당신들을 원치 않았기 때문이야. 그리고 그걸 내 탓으로 돌린 거고. 많은 세월이 흘렀고 전쟁도 끝났지만 넌 여전히 어떤 여자의 애정도 받지 못했어.

살인자: 입 닥쳐! 망할 자식!

유령: 아마도 넌 다시 새로운 활동을 하겠지. 사람들은 널 영

웅 아니면 배신자라 부를 테고. 그렇지만 어떤 여자도 자기 목덜미를 네 목덜미 가까이 대지 않을 거야. 그러면 넌 다시 날 죄인으로 삼겠지.

살인자: 꺼져, 네가 온 곳으로 가버려!

유령: 거긴 이성이 누워 있는 곳이지. 마르크스도 바쿠닌도 플루타르코스도 애덤 스미스도 베르댜예프도 명확히 파악하지 못한 이성 말이야. 불투명한 핵심. 알바니아에서는 '욕망처럼 시커멓다'라고 하는 거.

살인자: 멍청한 소리. 네 텅 빈 꼬라지만큼이나 말도 텅 비었군! 승자는 나야. 결국 내가 널 죽였으니까.

유령: (침묵)

그는 패배를 의식하고 고개를 숙인 채 늪지대의 시신으로 돌아가기 위해 의례적인 철수 움직임을 실행한다.

루디안 스테파는 마치 자신의 것이 아닌 양 거의 어리둥절한 표정으로 한동안 원고를 응시했다. 피로 때문에 글자가 잘 보이지 않았다. 삭제할 대목에 그어진 검은 줄만은 아주 잘 보였다. 지그재그를 그리는 'Z'가 고압선 철탑에 붙은 '위험 경고!' 표시판의 기호를 연상시켰다.

그의 눈은 그 기호에서 떨어지려 하질 않았다. 유령에 가 붙기에 앞서 지그재그는 먼저 그의 것이었는데, 그땐 전혀 다른 의미였다. 이것은 흐름을 상징하는 대신 그 반대를 가리켰다. 단절말이다.

전에 이 장면을 상상할 때도 그는 이 대목에서 발이 걸릴 거라는 느낌을 받았다. 전에도 그랬듯이 그저 가까이 다가가기만 하면 매듭이 풀어지리라 희망했지만 전혀 그렇지 않았다.

장벽보다 더 발을 옭아매는 짙은 안개가 깔렸다.

그는 그 장면의 초안 앞에서 몇 시간째 앉아 있었다. 메모, 문장, 단어, 크로키, 그만이 해독할 수 있는 기호가 점점 더 갈피를 잡을 수 없게 되어가는데도 그의 상상은 꿈쩍하지 않았다.

거기가 경계선이었다. 승화냐, 붕괴냐. 이 낭떠러지를 건너려면 어떤 수단이 필요할까? 어떤 소품이? 날개? 아니면 프로펠러?

종종, 특히 밤에 잠을 자는 동안 모든 게 물렁해지고 형체가 일그러지면 그는 만질 수 없는 것을 붙잡을 수 있을 듯한 느낌을 받곤 했다. 거의 얼싸안기 직전까지 가까이 갔지만 바로 거기 금기표시 앞에서 머릿속은 꼼짝없이 얼어붙었다. 궁지에 몰린 채 자신이 시도한 것에 대한 대가를 치러야 한다는 생각에 겁에 질려 잠에서 깨기 전까지 옴짝달싹하지 못했다.

그것은 유령 장면을 마무리지을 때 일어난 일이었다. 지그재그 기호는 가능성을 가리켰다. 꿈을 꾸듯이, 그는 위험한 커브길이 가깝다는 걸 알리는 표지판처럼 Z자를 써서 서둘러 텍스트에 삽입했었다. 그런데 유령을 다루며 쓴, 생동감 있는 다른 두 텍스트와 달리 이 지그재그로 표현된 차가운 성격의 구속은 인간의 조화와 동떨어져 낯선 세계에서 온 듯 훨씬 더 무정했다.

아냐, 그럴 리가 없어. 그는 그게 누구인지, 여자인지, 사제인지, 다중의 의식인지 지칭할 수 없는 상상의 인물을 마주 대하고 자기변호를 했다.

그것으로도 부족한지 국가의 결정기관은 완전히 안갯속에 묻혀 있었다. 어디서 허가증을 발부받을 수 있는지 누구도 알지 못했다. 예술적 혁신이나 대담한 시도를 하려면 허가 없이는 불가능하다는 걸 누구나 알고 있는데도.

그의 생각은 언제나 가사상태와 유사한 세계로 빠지곤 했다. 인질구출을 위해―크세르크세스 시대가 아니라 1979년에―테헤란 상공에 잠을 뿌리려 출격한 거대한 프로펠러가 그에겐 아주 가깝게 느껴졌다. 미국 대도시의 헬리콥터들은 기를 썼지만 모래바람 속에서 길을 트지 못했다. 비행사들은 탄식했다. 불가능해! 인질구출작전은 곤두박질치는 중이었다. 이렇게 될 수밖에 달리 어쩔 수 있었겠어? 작전에 반대한 고위장교들이 중얼거렸다. 고대신화에나 나올 법한 군사작전을 20세기에 펼칠 생각을 어떻게 한 거야?*

중앙 알바니아 평원들의 경우는 훨씬 더 나빴다. 잠자는 철도, 목화밭, 농장, 경찰초소, 철조망, 개 조련사. 몰로스 개 중 가장 유명한 지옥의 문지기 케르베로스를 잠재울 수 있는 건 단 한 사람뿐이었다.

요 며칠 동안 오르페우스 이야기가 그의 생각을 내내 사로잡은 터였다. 이 오래된 신화가 지구와 충돌해 눈부신 먼지로 모든 걸 뒤덮어버린 것만 같았다.

잠을 실은 금속컨테이너들이 이란의 사막 위를 나는 헬리콥터의 요동에 서로 부딪쳐 삐거덕댔다. 잠이라는 물질의 형태는 누구도 알지 못했다. 가루일지, 우박을 닮은 작은 얼음조각일지, 아니면 그저 폭탄일지.

전설은 오르페우스를 도와 무시무시한 지옥의 문지기를 잠재울 수 있는 방법으로 노래 말고는 다른 방법을 명시하지 않았다. 아야톨라**와 회교성원으로 가득한 대도시에서 펼쳐진 수면작전에 대해서는 더더욱 알려진 바가 없었다. 짐작건대 테헤란을 잠재우기 위한 훈련은 꽤 길었을 것이다. 오르페우스도 비밀을 철저하게 지키며 준비를 했다. 리라를 손봤다는 사실 외에는 아무

---

* 1979년 테헤란 미국대사관에 억류된 자국민을 구출하기 위해 미국 정부가 수행한 비밀작전으로, 끝내 실패로 돌아갔다.

** 이슬람 성직자.

것도 새어나오지 않았다. 손을 본 건 현의 수였다. 현이 일곱 개에서 아홉 개로 바뀐 것이다. 이 변화는 처음에 대수롭잖은 일로 여겨졌는데, 어쩌면 몇 세기 동안 일어난 최대의 혁신일지도 모른다는 소문이 돌았다.

천상의 사건을 각색할 때면 으레 그렇듯이 루디안 스테파는 올림포스산에 퍼지기 시작했을 소문을 상상했다. 음악가가 대단히 유명했으니 그의 최근 발명에 대한 소식은 올림포스 만평에 실렸을지도 모른다. 제우스는 아마 이렇게 선언했겠지. 우리 모두가 오르페우스를 사랑합니다. 그러나 모두에게 금지된 것을 그에게만 허락할 수는 없습니다. 게다가 어떤 이유로 두 개의 현이 더 필요한지도 명확히 밝히지 않았습니다. 내가 구식인지 모르겠지만 우리 모두의 귀는 선조들의 칠현금에 길들어 있다고 생각합니다.

그의 왼편에 자리한 프로메테우스, 반항 비슷한 거라면 뭐든지 찬동하리라 기대할 만한 프로메테우스는 묵묵히 침묵을 지켰다. 이상하게도 평소 신중한 태도를 고수하는 아폴론이 예술가를 옹호하고 나섰다. 심지어 열성을 보이며 그 혁신에 경의를 표할 뿐 아니라 한술 더 떠 혁신을 따르는 의미로 뮤즈의 수도 아홉으로 올릴 것을 요구하고 있었다.

그러잖아도 격렬하리라 예상되던 논쟁은 이제 더욱 팽팽해졌다. 예술가들의 변덕일 뿐입니다! 오르페우스 반대자들은 반발했다. 오늘은 현을 두 개 더 바라겠지만 내일이면 또 어떤 괴상망측한 걸 요구할지 몰라요. 적어도 해명은 해야 할 것 아닙니까! 전쟁의 신이 끼어들었다. 우리 같은 경우, 새로운 무기를 제안할 때는 모든 게 명확합니다. 당신 창이 적의 창보다 두 뼘, 또는 열두 뼘 더 멀리 간다는 건가? 좋아! 쓸데없는 탁상공론에 시간 허비할 것 없어.

찬성과 반대의 외침—예술가들을 자유롭게 하라, 좋다, 하지만 그러고 나면 지난 세기에 그랬듯이 그 결과는 우리가 감당해야 한다—이 한동안 떠들썩했다. 내내 망설이던 제우스가 결정을 거부할 때까지 그랬다. 보아하니 남들은 모르는 것을 알고 있는 모양이었다.

늘 그렇지. 루디안 스테파가 혼잣말을 했다. 독재자는 언제나 뭔가를 더 알고 있지.

그의 눈길이 벽에 걸린 달력에 쏠렸다. 카페플로라에서 판사를 만나고 사흘이 흘렀지만 미제나는 여전히 나타나지 않았다.

사흘, 오늘까지 쳐서 나흘째야. 이렇게 생각하며 그는 초조한 마음이 전혀 들지 않는 것에 스스로 흠칫 놀랐다.

9장

이튿날 오후가 저물어갈 무렵, 그녀가 드디어 전화를 걸어왔다. 목소리는 전과 다름없이 낮았고 숨소리가 섞여 나왔다. 나야. 그는 다른 말을 하고 싶었지만 "응"이라고만 했다. 하고 싶은 말은 머릿속에서 회오리처럼 맴돌다 작고 단단한 매듭으로 변해 다시 똑같은 "응" 소리밖에 되지 못했다. 따라서 그는 그 말을 거듭했고, 여자는 짧은 침묵 뒤에 이렇게 말했다. 들르고 싶은데 괜찮아?

갑자기 그의 온 존재 위로 묵직한 평온이 내려앉았다. 물론이지. 그는 다급히 속으로 반응했다. 생각이 말보다 빨리 여자에게 도달하리라 확신하고서. 그러고는 소리내어 말했다. 물론이지. 그런 다음 바로 출발하라고 말하기 직전, 문득 둘 사이에 평화가 이렇게 갑자기 돌아온 걸 보면 뭔가 끔찍한 일이 그녀에게 닥쳤나보다는 생각이 들었다.

그는 그녀가 뾰족구두를 신고 '내 사랑'이라는 말을 챙겨오리라고, 조금 전만 해도 낯설게 느껴졌을 그 말을 결국 내뱉을 거라고 상상했다.

그는 전처럼 복도에서 서성이며 그녀를 기다렸다. 그리고 늘 그러듯이 대개는 존재하는지 알지 못하던 소리들을 문득 의식했다. 건물 배관에서 물이 흐르는 소리, 이유 없이 삐걱거리는 문소리, 멀리 어디선가 들려오는 마찰음과 목소리.

두 사람은 말없이 포옹했다. 그런 다음 다시 더 격렬하게, 더 이상 세차게 끌어안을 수는 없으리라는 생각이 들 정도로 서로를 끌어안았다. 그녀가 그의 귀에 대고 속삭였다. 용서해줘.

뺨은 젖어 있었지만 그녀의 눈물은 전과 달랐다. 반쯤 얼싸안은 채 그들은 그의 스튜디오로 들어가 서재 근처로 갔다. 석양의 마지막 빛이 그녀의 머리카락에 꽂힌 머리핀과 책 제목을 차례차례 비추었다. 『피츠제럴드』. 『지명학』. 이 책들은 그들의 마지막 만남 이후로 꼼짝하지 않고 똑같은 위협과 똑같은 심판이 그 자리에 각인된 채 남아 있었다. 저주받은 골짜기, 제카밭, 산적들의 구멍, 세 개의 십자가, 무덤. 그리고 더 멀찌감치, 작가의 미친 아내가 내는 절규가 스위스의 고급병원 바깥에서 군중이 내는 소란스러운 소리에 묻혀 들려왔다.

그녀는 숙명의 장소를 찾기라도 하는 것처럼 곁눈으로 서가 선반을 훑었다. 그러더니 용서하라고 다시 말했고, 그가 뭘 용서해야 하는 건지 묻도록 채 기다리지도 않고 어떤 경우에라도 '그여자'가 유배상태라는 걸 그에게 털어놓을 수는 없었을 것이며, 서명된 책 사건이 이렇게 복잡해진 뒤로는 뭘 어떻게 해야 할지 알지 못해 수 주일 동안 한밤중에 잠에서 깨곤 했다고 해명했다.

그녀의 말이 점점 더 불분명해지자 그는 차라리 잘됐다는 느낌이 들었다. 어쩌면 안갯속에서 두 사람은 더 잘 통할지도 몰랐다. 당신, 나 때문에 걱정했지? 두 번의 입맞춤 사이에 그녀가 물었다. 그러는 동안 그는 더없이 공허한 말을 중얼거렸다. 내뱉고 나서 곧 잊었을 정도로 텅 빈 말이었다. 걱정했지. 당신 생각을 줄곧 했으니까. 그녀를 조사실로 호출하더냐고 물어보려다가 너무 이르다는 생각이 들었다. 따지고 보면 자신이 소환되었던 일과 카페플로라에서 판사를 만난 사실을 그녀에게 알릴 이유도 딱히 없었다. 마찬가지로 판사의 두 부하가 그녀를 어떻게 찾았는지도 알고 싶지 않았다. 그녀를 찾고 나서 저녁때 그 부하들이 음탕한 농담을 주고받았으리라는 것도 그는 의심치 않았다. 그 작가한테 보낸 여자 대단하던데. 침대에서 둘이 즐길 때 리드하는 쪽은 아마 남자가 아닐걸!

그들의 느끼한 웃음을 떠올리니 긴장을 푸는 데 필요했던 분노가 치밀었다. 조심스럽게 그는 그녀에게 어딘가로 호출당하지 않았느냐고, 이를테면 그에 대해 물으려고 조사실 같은 데로 부르지 않더냐고 물었다.

그녀는 딱 한 번 심문을 받았지만 어떤 부서였는지는 모른다고 침착하게 대답했다. 그들이 집으로 찾아왔고, 그녀의 아버지가 있는 자리에서 그에 관해, 아니 그의 책에 관해 질문했다는 것이다. 그것이 처음이자 마지막이었다.

"아하" 소리가 그의 입에서 새어나왔다. 그러니까 그의 경우와 비슷했다. 특권층을 위한 부드러운 심문이었다.

그녀가 그의 목덜미를 어루만지더니 가슴에 고개를 묻었다.

"난 당신을 배신하지 않았어." 그녀가 속삭였다.

루디안은 어떤 배신이 있을 수 있냐고 묻기라도 하듯 어깨를 으쓱였지만 곧 산적들의 우물, 마크의 평원, 불행의 매복지, 하이데거의 함정을 품은 『지명학』 옆에 『닥터 지바고』와 쾨슬러의 『한낮의 어둠』이 나란히 줄지어 요란하게 눈앞을 지나갔다.*

그는 씁쓸한 미소를 지었다. 판사가 그에게 털어놓았듯이 위험은 그 책들에서 튀어나온 게 아니었다. 중대한 반역행위에는

---

* 둘 다 공산주의에 대한 비판적 시선이 담긴 소설이다.

그런 게 전혀 필요 없었다. 중대한 반역행위는 만들어지는 것이기 때문이다.

거의 단숨에 그녀는 그가 어떤 책을 읽는지 질문을 받았지만 거의 조금밖에 묻지 않았다고 설명했다. 그들이 알고 싶어한 건 그가 린다의 존재와 린다가 있는 곳을 이미 알고 있었는지, 아니면 미제나 자신이 모든 일의 원인이었는지 하는 것뿐이었다.

그는 딴생각을 하며 그녀의 말을 건성으로 들었다. 그러곤 깊이 심호흡을 했는데, 질문을 던질 때 그녀의 눈길을 탐색하려던 생각이 돌변했다. 그는 눈을 마주치지 않는 자세로 고개를 돌린 채 낮은 소리로 조심스레 질문을 했다.

미제나는 희망을 깡그리 잃은 사람처럼 그에게 기대어 굳어 있었다.

말해봐! 그는 속으로 외쳤고, 거울에서 발산된 듯 생명 없어 보이는 차가운 분노가 치밀어오르는 것에 흠칫 놀랐다.

"말해봐!" 이번에는 소리내어 그가 말했다. "린다에 대해 물었잖아. 그녀가 조사실에서 심문을 받았던 거야?"

"뭐라 대답해야 할지 모르겠어." 미제나가 대답했다. "아마 그런 것 같아."

물론 그랬겠지. 그는 생각했다. 그 사람들이 우리는 배려해서 대접했겠지만, 그 여자에겐 어떤 일을 겪게 했겠어?

그가 생각을 입 밖에 내지도 않았는데 놀랍게도 미제나는 부인의 표시로 고개를 저었다.

그 사람들이 그녀를 전혀 힘들게 하지 않았단 말이야? 확실해? 그가 물었다. 알바니아의 조사실이 피로 얼룩져 있다는 걸 그녀에게 어떻게 설명해야 할까?

미제나는 자기 말이 맞는다고 확신했다. 판사들이 찾아온 그날 오후 린다를 만났다는 것이다. 린다는 자기도 심문을 받았다고 슬쩍 흘렸지만 자세한 얘기는 하지 않았다. 그런 식으로 그녀는 정치에 관한 것이라면 모조리 회피했다.

"자기가 느꼈던 공포를 떠올리고 싶지 않았던 건지도 모르지." 루디안이 말했다.

"아니." 미제나가 다시 대답했다. "당신이 상상하는 그런 건 전혀 기미도 보이지 않았어."

"이상해." 루디안이 말했다. "이해할 수가 없어."

"내 말 믿어." 미제나가 머리를 그의 어깨에 기대며 달콤한 목소리로 말했다.

그의 귀에 대고 그 이튿날과 이어지는 며칠 사이 둘이서 그 심문을 곱씹었다는 얘기를 했다. 모든 질문이 그 책에 관한 것이었고, 물론 루디안에 대해서도 물었다고 했다. 그녀가 그를 알았는지 아닌지? 그녀가 그와 편지나 메시지를 주고받았는지? 다른 건 없었다.

루디안은 안도했다. 적어도 자살이 책과 관련된 것 같지는 않았기 때문이다.

미제나가 무언가를 더 털어놓고 싶어하는 것 같다는 그의 직감은 근거가 없지 않았다. 미제나는 여전히 달콤한 목소리로 린다가 이 심문에 불안해하지 않았을 뿐 아니라 믿기 어렵겠지만 오히려 생기를 되찾은 것처럼 보였다고, 물론 충격은 받았지만 긍정적인 충격이었다고, 그녀 눈에 감돌던 몽롱한 기운이 한층 두드러졌다고 말했다. 둘이서 친구들 중 누가 그 책을 손에 넣었을지, 나타샤 휘사일지 아니면 플로라 둘라쿠일지 알아내려고 애쓰는 사이 린다는 정신을 딴데 팔고 있어 그 일이 그녀에겐 그다지 중요하지 않은 게 분명했다고도 말했다.

"당신이 믿을지 모르겠지만, 그 친구는 이 일로 불안해하기는커녕 오히려 다시 심문받고 싶다고 털어놓기까지 했어."

그의 얼굴이 어두워졌다.

"그게 정말이야?"

미제나가 고개를 끄덕이자 그의 이마엔 의심의 주름이 더 늘었다.

"좋은 징조가 아니야." 그가 목 쉰 소리로 말했다.

그녀가 다시 머리를 그의 어깨에 기대자 두 사람의 시선은 재차 서로 다른 곳을 향했다.

그녀는 설명하기가 쉽지 않다고 말했다. 린다는 모든 걸 가졌지만 공허감을 느꼈다. 두세 번의 연애, 아니 정확히 말하자면 고등학교 남자아이들과 한 연애 비슷한 경험이 큰 실망을 안겨주었다. 이야기가 될 만한 경험을 한 것은 그녀에게 처음 있는 일이었다.

"무슨 이야기?" 그가 끼어들었다. "무슨 이야기 말이지?"

그녀는 그에게 말을 자르지 말아달라고 부탁했다. 린다에게 그것은 분명히 하나의 이야기였으며, 심지어 순정이라 부를 만한 이야기였다. 유명한 극작가 루디안 스테파와의 사랑 이야기. 적어도 이 년 전부터 신문의 연극 관련 비평이나 라디오 뉴스나 텔레비전 출연을 지켜봐온 남자. 불가능하다는 걸 알면서도 그토록 오래전부터 만나길 꿈꿔온 남자. 그런데 불현듯 마지막에, 닿을 수 없던 극작가가 그녀와 긴밀한 관계 속으로 떠밀린 것이다. 그를 이미 만난 겁니까? 왜 그 사람이 '루디안 스테파의 추억을 담아'라고 썼죠? 추억이라는 말은 이미 일어난 일을 기억에 간직하고 있음을 암시하는 것 아닙니까. 그 사람에 대한 당신의 감정은 무엇입니까? 그리고 그 사람의 감정은? 이 린다 B는 누구요? 당신은 미게니의 시 「B양에게」를 암시한다고 말했는데……

굳은 표정으로 그는 그녀의 속삭임을 들었다.

"당신이 어떻게 이해를 못하지?" 그녀가 뒤로 몸을 빼며 말했다. "당신과 엮인 이야기인데! 당신과 함께한 이야기라고! 그애에겐 이것이 당신과 접촉하는 유일한 기회였는데……"

"흥분하지 마. 그런 일이라면 나도 아주 잘 알아. 심지어 흔한 일이지."

"아니, 당신의 팬들 이야기라면 나도 알아. 그런 일이 어떻게 진행되는지 알지. 그렇지만 이 이야기는 전혀 다르다고. 린다가 다른 여자들과 다르다는 것, 정말 모르겠어?"

"그것도 알아. 어쩌면 당신보다 내가 더 잘 알지도 몰라."

그녀는 화가 나 창문 쪽으로 다가갔다. 근처 작은 공원의 나무들과 길이 이렇게 낯설어 보인 적이 없었다.

"어쩌면 당신이 모든 걸 이해하지 못하는 것도 당연한 일인지 모르겠군." 그녀가 돌아서며 말했다. "당신은 중요한 사실을 아직 모르고 있으니까."

내가 중요한 사실을 아직 모르고 있다고. 루디안이 속으로 반복했다. 분노의 파도가 다시 덮쳐올 것만 같았다. 이 이야기에는 늘 그가 알지 말아야 할 무언가가 있었는데, 보아하니 계속 그럴 모양이었다.

"내가 뭘 모르지?" 그가 냉랭한 목소리로 물었다.

"그런 눈으로 쳐다보지 마. 당신은 그애가…… 당신을 사랑했다는 걸 모르지?"

"그건 이미 말했잖아."

"아니, 이 얘긴 하지 않았어. 이건 팬 이야기가 아니야. 그앤 당신을 다른 식으로 사랑했어. 내 말 알아듣겠어? 그앤 당신을 만나고 싶어했고…… 당신을 만지고…… 당신을 안고…… 당신과 모든 걸 하고 싶어했어…… 내 말 듣고 있는 거야?"

그의 얼굴은 밝아지기는커녕 한층 더 어두워졌다. 그는 '아냐'라고 말하려는 듯 고개를 저었다. 그리고 생각했다. 아냐. 그건 전혀 자연스러운 일이 아냐. 그건 오해였어. 당신의 오해. 그 여자의 오해.

미제나는 거의 들리지 않는 소리로 말을 이어갔다. 벌써 이 년째 린다는 당신 생각만 했다. 그녀는 그걸 숨기지 않았다. 따라서 미제나가 그녀에게 서명된 책을 가져다준 것은 꽃병의 물을 흘러넘치게 만든 한 방울의 물이었다. 그녀의 감정이 모든 걸 능가해버렸다.

루디안은 그녀의 얼굴에서 고통의 징후를 보고는 말을 잘랐다. 그리고 생각만 하던 것을 소리내어 말했다.

미제나는 믿기 힘들다는 표정으로 그를 뚫어져라 살폈다.

"이런 말 들으면 기쁘지 않아? 참 이상하네…… 어떤 남자라도 좋아했을 텐데……"

그 얘기를 왜 안 하나 했네. 그가 속으로 생각했다. 괜한 허세가 아니라 그 역시 대부분의 수컷들처럼 유혹에 능하다는 허영심은 꽤 있지만 린다에겐 그렇지 않았다는 걸 어떻게 설명해야 할지 알 수 없었다. 정말 그랬다. 여자들을 상대로 거둔 성공을 떠벌리는 남자의 허세를 보면 그는 오래전부터 속이 뒤틀렸는데, 이 이야기에서는 구역질이 날 만큼 그 정도가 심했다.

"전혀 기쁘지 않아." 그가 말했다.

그의 머릿속 혼란은 점점 커져만 갔다. 요즘 들어 이런 현상이 점점 더 자주 일어났다. 이따금 생각이 명료해졌다가도 곧 다시 어두워지곤 했다.

따라서 그가 거부한 것은 단지 남자의 허영심만이 아니었다. 다른 무엇이 섞여 있었다. 어쩌면 일어난 일에 대한 책임감을 회피할 필요와 그것이 명백히 야기하는 거짓 희망이었는지도 모른다. 무엇보다 이 거짓 희망 때문에 그는 죄책감을 느꼈다.

그는 열띤 어조로 말하기 시작했다. 그러다 이미 한 말을 다시 하고 있다는 걸 깨달았다. 모든 게 자연스럽지 못했다. 그는 이게 다 사실이 아니었으면 하는 마음을 숨기지 않았고, 그녀 역시 그렇게 생각했으면 싶었다.

미제나는 그의 생각을 잘 따라가지 못했다. 결국 그녀는 어렵게 그의 말을 자르고 서명된 책 얘기로 돌아갔다. 그녀는 6월의 달콤했던 저녁을, 그 책을 건네던 순간 린다의 떨리던 손을 떠올렸다. 그녀는 자신이 린다에게 행복을 가져다주는 거라고 믿었다.

그녀가 흐느끼느라 말을 잇지 못하는 사이 그의 손은 그녀의 머리카락을 다정하게 매만졌다. 그녀는 그의 책이 린다에게 행복이 아니라 불행을 가져다주었다고 말하지 않았지만 루디안은 바로 그렇게 생각했다. 또 나야. 그가 뭘 하건 잘못은 그의 몫으로 떨어졌다.

그앤 황홀해했어. 미제나가 말을 이었다. 그앤 고등학교 때 이미 가장 예쁜 아이였지만 그후로도 점점 더 예뻐져서 그녀를 보고 깜짝 놀라 이렇게 말하는 사람이 많았지. 대체 어떻게 된 거야? 저 아름다움은 어디서 멈출까? 두 주 동안은 감당하기 힘들 정도로 정신이 없었어. 당신 서명이 실린 책, 심문, 유방촬영, 여자들끼리 작별파티라 부르는 파티까지.

"유방촬영이라니?" 그가 그녀의 말을 잘랐다. "당신, 유방촬영이라고 했어? 아니면 내가 꿈이라도 꾼 건가?"

미제나는 눈을 내리깔고 있었다.

"내가 한 말 맞아. 유방촬영."

그는 그녀의 숨소리를 들은 것 같았고, 곧 자기 숨소리도 들리는 것 같았다.

"유방촬영이라면 여자의 몸에서 의심되는 게 있을 때 하는 그 유방검사 말인가……"

"맞아. 그렇지만 너무 앞서가지는 마……"

"너무 앞서가지 말라니 무슨 뜻이야? 왜 그러면 안 되는 거지? 당신이 지금 나한테 무슨 소리를 하는지 알고나 있는 거야?"

"그런 모욕적인 말 하지 마."

"당신 그 얘긴 나한테 한 번도 한 적이 없잖아. 왜 감춘 거지? 그러더니 이렇게 헛소리하듯 말하는 건 뭐야?"

"이렇게 말하는 건 내 방식이야. 모두가 당신처럼 작가는 아니잖아……"

별 바보 같은 소리가 다 있군. 그는 방금 머릿속에 떠올린 징벌의 장소를 곁눈으로 탐색했다. 뻐꾸기오솔길이 아직 거기 있었다. 산적의 무덤도, 행렬의 매복지도, 불길한 벼랑도, 고급병원 담장 너머 젤다 피츠제럴드의 절규도 있었다.

유방검사라는 말에 진정이 되기보다 불안감만 더 커지면서 그는 시련에 빠졌다는 생각이 들었고, 그러자 불현듯 냉정을 되찾았다. 이 유방검사가 자살의 맥락을 완전히 바꾸어놓았다. 나쁜 검사 결과를 듣고 그녀에게 가장 먼저 떠오른 것은 아마 죽음이었으리라. 왜 미제나는 진작 이 얘길 하지 않았을까? 왜 이 끔찍한 중압감에서 그를 해방시켜주지 않았을까!

그는 그녀의 머리카락을, 그리고 목덜미를 어루만졌다. 그녀도 그의 손을 가볍게 쓰다듬었다.

"내 말이 명료하지 않은 건 사실이야." 그녀가 인정했다. "아마 이따가 마음이 편안해지면……"

이따가…… 그가 생각했다. 물론 그렇겠지. 따뜻한 침대 속에서 벌거벗은 채라면 언제나 훨씬 쉽지.

마치 그의 생각을 읽기라도 한 것처럼 그녀가 침착한 목소리로 다시 입을 열었다.

"우리, 사랑은 나누지 말기로 해…… 그건……"

그는 아무 말도 하지 않았다. 그 침묵으로 그녀의 말이 옳음을 인정한 셈이었다. 이유는 모르겠지만 그래야 한다는 느낌은 들었다.

"적어도 오늘만은." 그녀가 말을 이었다. 이어 합의의 신호로 그의 목에 입을 맞추었고, 두 사람은 소파로 가서 앉았다. "설명하기가 쉽지 않아." 그녀가 다시 말했다. "실상은 늘 겉으로 드러난 것보다 복잡한 법이니까."

그녀는 인내심을 가져달라고 요구했고, 그는 그러겠다고 약속했다.

밖에는 밤이 내리고 있었다. 거리의 소음이 숨죽인 소리처럼 들려왔다.

그러니까 그 유방촬영 때문이었군. 그는 생각했다. 왜 나한테 그 말을 안 했지?

핏기 없이 조용한 파충류처럼 드문드문 나타나는 자동차 불빛이 건물들 앞쪽을 지나쳐가면서 점점 뚜렷해졌다.

"모든 게 티라나와 연관되어 있어." 혼잣말을 하듯 건성으로 미제나가 말했다.

그녀는 누군가를 재우기라도 하려는 듯 단조로운 목소리로 말을 이었다. 그녀는 한 번도 발을 들여놓지 않은 도시를 린다처럼 그렇게 사랑한 사람을 알지 못했다. 그는 갈 수 없는 도시라 그런 거라고 응수하고 싶었다. 이를테면 단테의 피렌체처럼. 하지만 그녀의 말을 자르는 게 겁이 났다. 린다를 만나고 미제나는 유배법규를 알게 되었다. 매일 오후 정해진 시각에 경찰서에 출두해야 한다는 것, 허락을 받지 않고 지정된 구역을 벗어날 경우 어떤 처벌을 받는지도. 인근 도시마다 정해진 형벌이 있었다. 더 먼 도시로 가는 경우엔 형벌이 배가되었다. 수도는 최고형이었다. 무기징역 또는 사형.

미제나는 아버지나 삼촌 한 사람과 그곳에 다녀올 일이 생기곤 했다. 돌아오면 린다의 질문이 끝없이 이어졌다. 다이티호텔 맞은편 공원의 편도나무들엔 꽃이 피었어? 극장에서는 어떤 연극을 공연하고 있어? 이 계절에 여자들은 어떤 옷을 입어? 린다는 티라나의 주민들보다 티라나를 더 잘 알았다. 탐방기사며 뉴스, 다양한 소식 덕에 그녀는 광장, 영화관, 카페를 상상할 수 있었다. 이따금 상상하기 힘든 것은 정보를 찾아보기도 했다. 시계탑에서 브로드웨이라는 별명이 붙은 디브라거리까지 걸어서 가려면 시간이 얼마나 걸릴까? 그곳에 사는 '브로드웨이 남자들'은 봤어? 대로와 엘바산거리 사이에 예쁜 빌라가 늘어선 골목 있잖아, 거기 가봤어? 중앙극장의 포스터는 첫 공연날 저녁에만 조명이 달라? 물론 남자들이랑 같이 다니는 여자들도 볼 수 있었겠지? 그 사람들이 다정한 말을 주고받는 걸 멀리서도 짐작할 수 있었어?

"그애 때문에 난 더 신중하게 살피게 되었어. 정말로 대로와 엘바산거리 사이에 1930년대 양식의, 철문을 단 예쁜 빌라들이 있더라고. 몇몇은 강제징수로 대사관이 되어 있었지만. 보아하니 그 빌라 가운데 하나가 그애네 것이었던 모양인데, 정치와 관계된 모든 것에 그렇듯이 린다는 그 얘기는 한 번도 한 적이 없었어."

가십으로는 가장 최근에 햄릿을 연기한 N. F.와 젊은 여자 배우의 연애 얘기를 했어. 사람들 예상과 달리 오필리아 역을 맡은 배우가 아니라 덜 유명하지만 훨씬 젊은 배우였지. 대역배우. 그리고 미제나는 같은 고향 출신인 아주 예쁜 젊은 여자 작가에 대해서도 무슨 말을 들었던 모양인데…… 기억을 확실히 떠올리지 못했다.

"때때로 나는 사실을 미화했어. 그애를 실망시키지 않으려고 창문과 유리문 수도 늘리고 건물 높이도 늘렸지. 난 그애가 모든 걸 일기장에 적는다는 걸 알았어. 읽은 책이나 라디오에서 들은 작품이 남긴 인상까지 말이야."

어느 날 학교 운동장에서 쉬는 시간에 린다는 그녀에게 라디오에서 들은 극작가 루디안 스테파의 인터뷰를 보러 그날 저녁에 들러도 되는지 물었다. 자기 집과 달리 미제나의 집에는 텔레비전이 있어서 린다는 종종 텔레비전을 보러 오곤 했다. 그날 저녁도 같은 의식이 있었다. 린다는 늘 그러듯이 어떤 예식에 참석하듯이 머리를 완벽하게 다듬고 아름답고 진지한 모습으로 정해진 시간에 도착했다.

"그애는 당신의 말을 흡입하듯이 들었고, 당신의 손동작 하나하나는 물론 기자의 질문에 자제하지 못하고 드러낸 역정에도 주의를 기울였어. 그애 얼굴에는 고통이, 아니 걱정이 뒤섞인 감탄의 표현이 떠올랐지. 인터뷰가 끝나자 그앤 눈을 반짝이며 낮은 목소리로 말했어. 그 사람은 모든 점에서 달라. 그애의 티라나에 어떤 존재가 필요했다는 걸 이해하기란 어렵지 않았어. 그 빈자리를 당신이 차지한 거지."

그가 어렵게 그녀 말을 잘랐다. 바로 그거야. 내가 표현했던 게 바로 그거였어. 공백, 우연히 생긴 빈자리. 그 이상은 아니야. 처음엔 티라나라는 결핍이 있었지. 그후엔 채워야 할 공백이 있었고. 물론 그 도시에 사는 동시대인이 채워야 했겠지. 다시 말해 내가.

"그앤 늘 당신 생각을 한다는 걸 숨기지 않았어." 마치 아무말도 듣지 못한 것처럼 미제나는 말을 계속했다. "린다는 꿈을 꾸고, 일기를 썼어. 대학입학시험 막바지라 대학에 못 가면 어쩌나 하는 두려움과 이별의 슬픔과 후회 따위가 뒤섞인 그런 나날들이었지. 나는 그 무렵 수도에 체류하는 날이 많아졌고, 미술대학에 입학하는 것이 거의 확실해져 전반적으로 들뜬 분위기에서 벗어나기가 쉽지 않았어. 린다는 기대하는 게 아무것도 없었어. 그냥 난 티라나에 체류하던 중 서명된 책을 구해 그애에게 가져다준 것이지. 그걸 받고 린다는 미칠 듯이 좋아했어. 감정을 감출 생각도 안 했어. 사랑에 빠졌다는 말로는 부족할 정도였어. 견디지 못할 지경이 되었지. 당신을 보고 싶고 티라나를 보고 싶은 욕망, 그곳에 가지 못하는 불행, 친구와 이별하게 된 최근의 슬픔, 이 모든 것이 두 배가, 아니 열 배가 되었어. 거기다가 언론에서 당신 작품에 쏟아낸 공격이 이 모든 걸 더욱 키웠어. 그앤 불가능을 꿈꾸었어. 당신 곁에서 힘든 순간에 당신을 위로하는 일 같은 것. 그 욕망이 너무 커지자 나는 정말 기쁜 마음으로 이

깜짝선물을 그애에게 했던 것이 갑자기 후회되기 시작했어. 그 책을 가져다주지 말았어야 했는데. 이런 생각이 날이 갈수록 커져만 갔지.

그러다가 최근의 정신없는 서너 주가 닥친 거야. 내가 받은 심문, 아버지의 걱정. 그 친구가 받은 심문은 그애 상상에 족쇄를 채우기는커녕 더 악화시킬 뿐이었어. 그 책을 누가 고발했는지는 몰라. 하지만 우리에겐 추측해볼 시간도 없었지."

일이 눈사태처럼 잇달아 쏟아졌다. 미제나는 미술대학 장학금을 받은 반면 린다는 학업도 끊겼는데 유방촬영까지 받았고, 곧 고등학교 졸업파티도 있었다……

루디안 스테파는 몸이 떨리는 걸 느꼈다. '잠깐'이라는 말만으로는 부족할 듯해 그녀의 팔을 힘주어 잡았다.

"잠깐!" 갈라진 목소리였다.

잠깐. 그가 속으로 거듭 말했다. 이번만큼은 그렇게 빠져나갈 생각 마!

미제나는 팔을 빼려고 애썼다. 정신 나갔어? 그녀가 묻는 듯한 눈길을 던졌다.

"잠깐!" 루디안이 다시 말했다. "당신 벌써 두 번이나 그 유방촬영 얘기를 하면서 아무 설명도 없었어."

"뭘 설명하라는 거야?" 그녀가 차갑게 말했다.

"먼저, 내가 이해한 그런 유방촬영이야? 그 검사로 유방암을, 죽음의 위험이 있는 암을 추적하는 거냐고."

"그래, 맞아." 여전히 냉랭하게 그녀가 대답했다. "죽음의 위험이 있는 암을 추적하는 촬영이야."

"그러면 왜 끝까지 얘길 안 하는 거지?" 루디안이 외쳤다. "그 유방촬영이 모든 걸 설명해주잖아. 나머지가 나랑 무슨 상관이야? 고등학교 파티인지 작별파티인지가? 그리고 나에 대해 그 여자가 한 헛소리는 또 다 무슨 상관이고? 안 그래? 그 유방촬영이 죽음을 설명해주는 것 아니냐고!"

미제나의 눈은 마치 베일에 감싸인 듯 아무것도 빨아들이거나 내비치지 않았다. 그러다 그는 그 눈에서 조롱의 빛을 본 듯해 견디기 힘들었다.

그녀는 어느새 일어나 있었다.

"당신은 나를 돕는 게 아니라 내 얘기를 방해하고 있어."

"내가 방해한다고?"

"그래, 당신이. 내가 아직 마음의 준비가 되지 않았다는 걸 이해 못하겠어? 이런 얘길 하는 게 얼마나 힘든지 이해 못하겠느냐고!"

그녀가 손으로 자기 얼굴을 감쌌다. 들썩이는 어깨로 전해지는 그녀의 흐느낌 때문에 그는 더욱 견디기 힘들었다.

"늦었어. 갈래."

"안 돼."

그에겐 시간이 다시 거꾸로 돌아간 듯 여겨졌다. 이 모든 번뇌가 시작되기 전 서재에서 있었던 그들의 마지막 만남 때로.

"당신, 뭘 감추고 있는 거지?" 그가 그때처럼 외쳤다.

공허가 두 사람 주위를 둘러쌌다. 그의 눈앞에서 그가 전혀 간파하지 못한 무언가가 일어났다.

여자가 문 쪽으로 걸어갔다.

돌아와! 그는 이 말을 머릿속으로 내뱉었다. 그녀를 스콧 피츠제럴드와 저주받은 망루와 죽음의 바위 곁으로 데려오기 위해 그녀의 머리채를 잡는 행동도 여전히 머릿속에서만 일어났다.

그녀의 발소리와 '잘 자' 소리가 문 닫는 소리에 잘렸다.

'내가 아직 마음의 준비가 되지 않았다는 걸 이해 못하겠어?' 그는 그녀가 했던 말을 되뇌었다. 연극 대사 같군. 그는 생각했다. 그러곤 자신이 그녀에게 얼마나 부당하게 굴었는지를 깨달았다.

10장

그 회색지대에서 벗어나기까지는 시간이 좀 필요했다. 또 늦게 일어나고 말았다. 좋아, 알았어! 그가 생각했다. 이것이 광기의 징조라는 짜증나는 생각은 하지 말아야 했다. 어느 정도는 안하게 되었지만 그러기 위해 대가를 치르지 않은 건 아니었다. 비가 나을까? 우박이 나올까? 예술 심의회 회의가 열리는 수요일이었다. 하루를 시작하면서 좀더 기분좋은 생각을 할 수는 없었어? 스스로에게 화가 치밀었다. 수요일 열시, 빌어먹을 심의회회의, 이따위 생각이나 하다니. 그는 심의위원들이 추위 때문에손을 호호 불며 긴 탁자 주위에 자리잡는 모습을 상상했다. 지난번처럼 난로 굴뚝에서 연기가 나지 않겠지.

그는 눈을 비비며 우편물을 가지러 출입문 쪽으로 향했다. 도

자기 회사에서 청해온 독자들과의 만남. 창작휴가 연장 요구에 대한 거절을 알리는 작가협회의 편지. 전기세 청구서, 수도세 청구서. 그는 나중에 다시 보려고 그것들을 한쪽에 밀어두었다. 그러곤 내가 뭘 하고 있는 거지? 라고 혼잣말을 하며 기록된 수치를 유심히 살폈다. 지난달 전기세 검침: 014154킬로와트시. 4~5월의 수도세: 37레크.

그는 전화가 고장나 있기를 바라는 마지막 희망을 품고 전화기 쪽으로 눈길을 던졌다. 불쑥 수화기를 들었다가 다시 내려놓았다. 작동하고 있었다. 빌어먹을 전화기. 그가 툴툴거렸다. 필요 없을 때는 꼭 작동하지. 미제나에게서 전화가 걸려오지 않는 것을 합리화할 유일한 구실이었는데 말이다. 여러 번 전화했는데 불통이었어.

거참, 화를 낼 이유라도 찾듯이 주변을 둘러보며 그가 투덜거렸다.

이틀, 오늘까지 쳐서 사흘째였다. 유령은 삭제해야 합니다. 그러지 않으면 난 반대표를 던질 겁니다. 그는 자신의 영원한 적 R.B.가 할 말을 구체적인 표현까지 짐작할 수 있었다.

시계를 보았다. 다들 모이기엔 아직 조금 일렀다. 면도를 하면서 그는 그 자리에서 오갈 얘기들을 생각하지 않으려고 애썼다. 어쩌면 그들은 아직도 연기를 내뿜는 난로에 신경쓰고 있을지 몰랐다.

그들이 난로와 젖은 땔감 탓에 기침을 하고 화내는 모습을 상상하자 기분이 좋아졌다.

한 세르비아인을 제2막 중간에 등장시키겠다는 생각이 불쑥 떠올랐다. 살육의 전염병을 퍼뜨리기 위해 유고슬라비아인들이 알바니아 저항군에 보낸 두샨 무고샤와 같은 부류의 혐오스러운 세르비아인이라면 아주 쓸모 있는 존재가 될 터였다. 이런 경우 대개 그렇듯이 이 새로운 착상 덕에 그는 기분이 좋아졌다. 옷을 입는 동작도 한결 민첩해졌다. 거의 휘파람을 불 정도로 기분이 고조되는가 싶더니 그 도취는 생겨난 것만큼이나 재빨리 사그라져버렸다. 문화부 장관의 날카로운 목소리가 귀를 찢은 참이었다. 당신네 극작가들은 뭘 해야 할지 모를 때마다 음산한 장면을 합리화하려고 아무데고 추악한 세르비아인을 집어넣지.

마녀! 그가 투덜거렸다. 이런 날 그 여자 목소리가 들리다니 너무하는군.

뇌가 불쾌한 상황이나 소식을 투사하거나 예측하려고 하는 건 우울증 전 단계 징후라고 그의 정신과의사가 어느 날 저녁 설명한 적이 있었다.

또 새로운 증세군요! 거의 고함을 치듯 그가 말했다. 그게 전부입니까?

그는 전화기 쪽으로 가서 의사의 번호를 바로 눌렀다.

전화기 저편의 목소리는 늘 그렇듯이 마음을 가라앉히는 효과가 있었다. 또 증상이 있습니까? 불면증? 신경과민? 너무 불안해하지 마세요. 원한다면 다시 봅시다. 다른 진정제도 있으니까요. 편하실 때 들르세요. 그럼 다음주 수요일. 아, 수요일요? 바쁘시면 다른 날로. 아뇨, 안 바쁩니다. 수요일 좋습니다. 가능하면 오후에. 좋습니다, 오후로 하죠. 여섯시 삼십분, 괜찮죠?

의사가 내 생각을 읽었겠지. 그는 생각했다. 만일 작품과 관계된 결정이 다시 미뤄졌다면 다음주 수요일에는 반드시 종결될 것이다. 따라서 의사를 보러 가기에 그보다 더 적합한 날은 없었다. 고질병이야! 그가 혼잣말을 했다. 그저 최악의 경우만 추측하는군. 그러고도 일이 점점 더 나빠진다고 투덜거리지. 네? 의사선생님, 제 말 듣고 계십니까? 네, 네, 전화선에 무슨 문제가 있었나보군요. 또다른 일이 있었는데 이번에는 제 일이 아니에요. 웬 젊은 여자 문제예요…… 먼 친척이죠…… 제가 알고 싶은 건, 종양이 발견될지 모를 유방촬영 때문에 좌절해서 목숨을 끊을 위험이 있을 수 있는지……

전화선 저편에서 들려오는 의사의 목소리에서는 쾌활함이 사라져 있었다. 물론 있을 수 없는 일은 아닙니다. 다만 상황에 달린 문제이고, 특히 환자의 성격에 달린 문제죠. 알겠습니다. 루디안이 거듭 말했다. 대단히 예쁜 여자입니다…… 아, 그건 분명 긍정적인 요인은 아니군요. 의사가 말을 잘랐다. 그 반대죠…… 그 반대라니, 어째서죠? 아주 예쁜 여자들이 더 쉽게 자살을 한단 말입니까?…… 그런 일이 종종 있죠. 의사가 말했다. 그런데 그것보다는 훨씬 복잡해요.

루디안은 미안하지만 그만 끊어야겠다고 말했다. 그러면 수요일, 여섯시 삼십분입니다. 의사가 끊기 전에 말했다.

잠시 그는 방안을 서성였다. 그러다 다음주 수요일에 빨간색으로 동그라미를 치려고 벽에 걸린 달력 앞에 멈춰섰다.

이틀, 오늘까지 쳐서 사흘째야. 그가 생각했다. 몇 번이나, 그는 미제나에게 할 말을 반복하고 있었다. 소식을 전하지 않아 상대를 불안하게 하고…… 자신을 더 갈망하게 만드는 수법, 누구나 아는 이 수법이 매번 통한다는 건 공공연한 사실이었다. 그런데 그녀는 두 사람이 이 수법에 대해 이미 얘기를 나눴다는 사실을 잊었고, 이런 식으로 연이어 사용하면 기대효과는커녕 오히려 역효과를 낸다는 것도 모를 리 없었다.

그녀가 오기만 하면 좋겠는데. 그는 생각했다. 절망이 사라지면 나머지도 곧 사라지리라 확신했다.

그의 생각은 마음이 놓이는 피난처를 찾듯이 올림포스로 가는 길을 되찾았다. 그곳에서는 그 기념비적인 한 주 내내 온통 오르페우스 사건 얘기뿐이었다. 오르페우스의 혁신을 인정하느냐 인정하지 않느냐만이 문제가 아니었다. 제우스만이 아는 다른 무언가가 있었다. 음악가의 젊은 약혼녀를 괴롭히는 불행. 그녀는 날이 갈수록 쇠약해졌고, 온몸에서, 특히 가슴에서 통증을 느꼈다. 제우스를 포함해서 모두가 모르는 것은 이 여인의 질병과 리라에 더해진 두 줄 현의 관계였다.

특히 에우리디케의 죽음 후에 진실이 알려지기까지는 꽤 시간이 걸렸다. 오르페우스는 불가능한 무언가를 요구했다. 그녀가 저승에서 돌아오는 것. 지금까지는 영예에 도달하고 인간의 영혼을 기쁘게 하기 위해 사용했던 그의 예술이 불가능한 승인을 얻어낼 목적의 도구가 되었다. 그는 자신의 노래로 지옥의 사자들을 감동시켜야만 했다. 하데스가 친히 그의 말을 들을 때까지. '앞을 볼 수 없는 신' 하데스는 예술가 오르페우스의 목소리와 그의 간청에 감동했다. 올림포스의 호사에 길이 든 예술가들은 어둠의 세계를 거의 생각하지 않았다. 그렇다고 하데스가 예술가들의 멸시를 오르페우스에게 앙갚음하려 한 것은 아닐 것이다. 오히려 그는 할 수 있는 한 오르페우스를 도우려 했을 것이다. 험담꾼들이 뭐라 떠들건 그에게 대가도 요구하지 않았다. 이를테면 어둠의 세계의 영광을 칭송하는 찬가나 죽은 자들을 위한 공짜 공연 같은 것 말이다. 그런 건 그의 성정에 맞지 않았다.

일이 그리 간단하지는 않았지만 하데스는 대군주의 모습을 보여야 했다. 지옥의 어느 주민도 아직 그곳을 다시 빠져나간 적이 없었다. 하지만 하데스는 아무리 심각한 장애물일지라도 뛰어넘지 못할 것은 없다고 믿었다. 지옥의 문지기개 케르베로스만 빼고는. 그랬다, 한 마리 개 앞에서 노래하는 영광스러운 오르페우스라는 관점에서 볼 문제가 아니었다. 더구나 에우리디케를 생각해서 승인을 하더라도 과연 그녀가 무사히 빠져나갈 수 있을지 전혀 확신할 수 없었다. 혈통을 알 수 없는 그 개는 인간이 부탁하건 신이 부탁하건 꿈쩍도 하지 않았다.

어쩌면 그래도 한 가지 희망이 있을지 모른다고 오르페우스가 말했다. 그러고는 자신이 그 유명한 두 줄 현으로 음악에 도입한 혁신을 언급했다. 하데스도 어렴풋이 들은 적이 있는 얘기였다.

운명이 그에게 힘든 날들을 준비한다고 예감했던 시절, 운명에 맞서 일어서겠노라 주장하지 않고 어떤 구원의 도구를 손에 넣으려 애쓰는 사람처럼 오르페우스는 도달할 수 없는 음악을 찾아 저항할 길 없이 내몰린 느낌을 받았다.

그 여름 올림포스의 호기심 많은 이들을 그토록 괴롭혔던 두 현의 수수께끼―대체 그 두 개의 현이 뭐야? 왜 필요한 거야? 어디 쓰는데?―가 마침내 해답을 찾게 될 터였다.

하데스는 전혀 믿지 못하겠다는 얼굴로 고개를 저었다. 오르페우스가 노래로 감동시키고자 하는 개 케르베로스는 상대가 누가 되었건, 어떤 경우가 되었건 지옥의 문턱을 넘어서게 허용하지 않을 것이다. 실낱같은 희망이 있다면, 그 짐승에게 상상조차 할 수 없는 너그러움이 아니라 차라리 잠들기를 기대하는 것이었다.

오르페우스는 성공을 확신했다. 그렇다면 행운을 빌겠소. 그렇게 말하고 하데스는 마지막 조건을 전했다. 그 조건이란 오르페우스가 하데스와, 다시 말해 죽음과 맺은 협정이었다. 겉보기에는 아주 간단한 그 협정의 이행은 오직 오르페우스에게 달려 있었다.

내게 달린 것이라면 아무리 가혹할지라도 이행하겠습니다.

두고봅시다. 이렇게 말한 뒤 하데스는 협정 내용을 간략하게 설명했다.

전화벨소리가 지금까지와 다르게 멀리서 들려왔다. 그도 지금까지와 다르게 벌떡 일어나 전화기 쪽으로 갔고, 숨소리 섞인 낮은 여자 목소리를 들었다. 나야.

미제나. 낯선 듯싶은 감정이 그를 덮쳤다가, 이내 견디기 힘든 것으로 변했다. 그녀에게 당신을 기다렸어, 라고 했는지 아니면 내 사랑, 당신을 기다렸어, 라고 했는지 아니면 그저 내 사랑, 이라고 했는지 아니면 그저 생각만 했는지 확신이 서지 않았다. 무언가를 말한 건 분명했다. 왜냐하면 그녀가 가고 싶지만, 하더니 '그런데'라고 덧붙였기 때문이다. "그런데?" 그가 숨을 몰아쉬며 되물었다. "무슨 문제라도 있어?" "혼자가 아니야. 린다랑 같이 있어." "아, 정말?" 마땅히 놀라야 할 만큼 놀라지 않은 채 그가 말했다. "그러니까 둘이 같이 있다는……" "물론이지." 여자의 목소리가 들렸다. 그는 속으로 생각했다. 이상해! 말에도 그렇고 생각에도 뭔가 빠진 게 있었다. 그러니까 둘이 같이 가도 될까? 미제나가 물었다. 린다와 같이? "물론이지." 참으로 부적절한 말이라고 의식하며 루디안이 말했다. 그는 이렇게 묻고 싶었다. 금지가 풀렸어? 그러나 대답 대신에 마치 그가 하지 말아야 할 말이라도 내뱉은 양 통화가 끊겼음을 알리는 신호가 귀청을 때렸다.

내가 뭘 한 거지? 그는 다시 생각했고, 곧 미망에서 깨어났다. 대답을 듣지 못한 아쉬움이 이상하게도 오래도록 남았다. 그녀가 어디서 허락을 얻었을까? 어떻게 안보부를 잠재울 수 있었을까?

조금 더 말해봐! 그는 외치려 했으나 이미 늦어버렸다. 안개는 다시 내려앉았고, 그가 아무리 눈을 가늘게 떠보아도 돌아온 정신을 다시 잠재울 수는 없을 터였다.

네가 케르베로스를 잠재워야 했어. 그가 혼잣말을 했다. 모든 것에는 의미가 있었다. 그래서 아무 의미가 없기도 했다. 이해와

몰이해, 둘은 꼭 붙어 있었다. 상상할 수 있는 가장 엄밀한 공존이었다. 조금 더 함께 있어, 하고 외치는 것도 덧없는 일이었다. 예상할 수 있듯이 둘은 떨어져서 각자의 자리로 돌아갈 것이다.

이 모든 공허함에 지친 그의 생각이 다시 그 유명한 협정으로 돌아왔다. 두 개의 현을 더한 것과 마찬가지로 협정 또한 숱한 논쟁거리가 되었다. 비밀 조항이 있었을까 없었을까? 만약 있었다면 어떤 이유로 밝힐 수 없었을까?

진실이 터져나오자 예상대로 소문은 곧 사라졌다. 협정은 분명히 존재했다. 모든 의례적 협정과 마찬가지로 그것은 최소한의 협정이었다. 잠이 케르베로스를 덮치면 오르페우스는 단 한 가지 조건만 채우면 되었다. 지옥에서 빠져나올 때 약혼자가 따라오는지 보려고 뒤를 돌아보지 말아야 한다는 것. 그것이 핵심이었다. 아무리 불안하고 초조해도 고개를 돌리는 건 참아야 했다. 만약 고개를 돌리면 그는 약혼녀를 잃게 될 것이다. 영원히.

대부분의 올림포스인들에게 이 협정은 지키기 쉬워 보였다. 뒤를 돌아보는 것만 피하면 되니까. 약혼녀를 건드리지 말고 한 침대에서 자라는 조건이라면 그 잔인함을 이해할 수 있었겠지만. 다른 사람들 같으면 조금만 잘못해도 가차없이 만신창이가 될 텐데 예술가들만 특별히 배려한다는 소문이 다시 나돌았다. 오르페우스가 행운을 헛되이 날려버렸다는 소식이 들려온 날까지. 약혼녀가 다급히 부르는 순간 그는 고개를 돌리지 않을 수 없었다. 어떤 이들은 그를 측은히 여겼다. 가련한 사람, 어서 재회하고 싶은 초조한 마음에 꺾여버렸어. 또 어떤 이들은 그의 나약함을 비난했다. 예술가들이 그렇지 뭐.

말을 아끼는 세번째 그룹은 전혀 다른 생각을 했다. 그들은 협정이 속임수였다고 믿었다. 오르페우스가 지옥의 문을 넘었을 때 어떤 에우리디케도 그를 따라오지 않았다. 뒤를 돌아본다느니 하는 건 악마적인 발상이었다. 약혼녀가 있는지 확인해보지 않는 한 오르페우스는 그녀가 따라오고 있다고 믿는 것이다. 그의 눈길이 그녀를 찾는 순간 그의 잘못으로 그녀는 사라지는 것이다. 이러건 저러건 승리를 거두는 건 죽음일 테고, 오르페우스는 필연적으로 질 수밖에 없었다.

만약 오르페우스가 함정에 빠지지 않았다면 어떻게 되었을까? 그렇게 묻는 목소리가 들려왔다. 협정을 지켜서 그가 고개를 돌리지 않았다면 무슨 일이 닥쳤을까?

무슨 일이 닥쳤을까?…… 그가 뒤를 돌아보는 순간은 반드시 오게 된다…… 길은 멀고 밤이 내릴 것이니…… 보아하니 협정은 명확한 금기기간을 명시하지 않았다…… 따라서 또다른 해결책이 아예 없는 것도 아니었다…… 이 이야기에는 '사기당한 오르페우스'라는 제목이 붙어도 좋을 것이다. 이 이야기가 인류의 가장 어두운 신화로 통하는 데는 그럴 만한 이유가 있었다.

루디안 스테파는 소파에 쓰러지고 말았다.

그녀가 와주기만 한다면. 그가 다시 혼잣말을 했다. 저주받은 매복지로. 세 우물로…… 그날 저녁이 이제 그에겐 참으로 까마득해 보였다. 그는 왠지 모른 채 전화기 근처에서 걸음을 멈추었다. 그러곤 수화기를 들어 손가락을 움직였다. 전화선 너머에서 들려오는 판사의 목소리는 지난번만큼 따뜻하게 느껴지지 않았다. 친절했지만 그뿐이었다. 두 사람이 지난번에 나누었던 대화에 대해서는 암시조차 없었다. 그냥 전화했어요. 루디안이 두번째로 말했다. 상대는 전화 고맙다고 하더니 드디어 커피 얘기를 꺼냈다. 선생과 커피를 마시고 싶은데 짐작하시겠지만 요즘 저희가 일이 많아서요. 루디안은 기다리지 못하고 전화를 끊어버렸다. 잘했어. 그가 혼잣말을 했다. 그러곤 이를 악물고 투덜거렸다. 파렴치한 자식, 네놈이 나한테 뭘 어쩌려고!

얼마 후 울린 전화벨소리는 무례하고 낯설게 느껴졌다. 그는 화를 퍼부어도 될 사람이라 확신하고 수화기를 들었다. 이번에도 실패였다. 그는 아마도 독일어인 듯한 낯선 언어로 무슨 말을 들었고, 낯선 방식으로 발음되는 자기 이름을 들었다. "예스"라고 대답하고 난 뒤 알바나의 목소리를 알아들었다. "당신, 어떻게 지내?"

아무리 생각해봐도 그녀의 전화를 받는 데 이보다 더 나쁜 시점은 없었다. 여보세요, 내 말 들려? 여자 목소리가 이어졌다. 응, 그런데 잘 안 들려. 난 당신 말 잘 들리는데. 난 아냐. 여보세요, 좀 나아? 말하기가 힘드네. 빌어먹을 기계! 여보세요, 당신 잘 지내? 뭐라고? 당신 잘 지내느냐고 물었어. 모르겠어. 잘 안 들려. 당신 이상해. 무슨 문제 있어? 아니, 아냐. 아무 일도 없어. 내가 어떻게 지내야 하는데? 당신이 뭘 알아? 내가 어떻게 지내야 하냐고? 응?

한동안 침묵이 흘렀다. 여자의 격한 숨소리가 정확히 전달되는 걸 보면 전화 연결이 이상한 건 아니었다.

당신 작품에 대한 결과는 나왔어? 그녀가 마침내 불안한 목소리로 물었다. 아직. 그가 대답했다. 아. 그녀가 응수했다. 상황을 알겠어, 라고 말하는 것 같았다. 너무 걱정 마. 그녀가 다정하게 덧붙였다. 결과를 아는 것처럼…… 나쁜 예감이 드네. 이럴 때 당신 곁에 있고 싶은데 좀더 일찍 끝날 줄 알았던 연수가 삼 주나 더 길어졌어. 이걸 당신한테 알리고 싶었어. 괜찮아, 괜찮아. 그가 대답했다. 작품에 대한 결과가 미뤄진 것이 적어도 뭔가 쓰임새가 있었다. 전화기에 대고 그가 내뱉은 사나운 말투를 합리화하는 데 그보다 나은 구실은 없었다. 게다가 같은 이유로 그녀는 성가신 질문을 거듭하는 걸 피할 수 있지 않은가. 무슨 일 있어? 같은 질문. 이런 질문을 받으면 아무 말이나 둘러댈 수밖에 없고, 돌이킬 수 없는 무슨 일이 일어났다느니 깨진 균형을 되찾아야 한다느니 식의 얘기는 할 수가 없다…… 그의 최근 작품에 등장하는 유령을 사람들이 기를 쓰고 제거하려 들고, 게다가 그가 아닌 다른 사람의 몸에 종양이 있는 것으로 의심되며 그게 그의 책임일지 모르는데도……

그가 생각만 했거나 은근한 말로 암시만 한 것, 그리고 정말로 입 밖에 낸 얘기가 대화중에 이렇게까지 뒤섞여버리는 일은 드물었다. 물론 그에겐 그녀가 필요했다. 그녀는 육체적으로 내밀한 순간 서로에게 속삭이는 다정한 말로만이 아니라 보다 전반적인 의미에서 그 자신을 잊게 해주는 달콤한 마취의사였다. 말한 것 말고 다른 사건도 있었어…… 슬픈 사건. 여러 슬픈 일이 당신이 없는 동안 일어났어. 아니, 엉망진창이 되어버린 아파트 때문이 아니라 다른 문제였어. 어쩌면 우리 지난여름에 결혼해야 했는지도 모르겠어. 이젠 너무 늦었다는 얘기야? 그런 말 아니야. 당신까지 나한테 이러지 마! 그렇잖아도 모두가 날 못 잡아먹어서 난린데! 루디안, 당신 안 괜찮네. 내가 필요한지 말해봐. 연수를 중단하고 돌아갈 수도 있으니까. 아냐, 그런 말 하지 마. 물론 당신이 날 마취해주면 좋겠지. 오스트리아 연수 같은 것 안 받아도 당신은 잘할 줄 알잖아…… 오래, 아주 오래 나를 잠들게 해주면 좋긴 할 텐데…… 그런데 어떤 마취로도 나를 망각에 빠뜨리지 못할까봐 겁이 나.

전화를 끊은 지가 이미 한참 전인데 그는 이 가상의 대화를 끝내지 못했다.

지난번에 의사는 그에게 이렇게 말했다. 가능한 한 자주 외출하세요. 그럴 이유가 없으면 만들어내세요!

푸! 그는 생각했다. 억지 이유를 만들어낼 필요는 없었다. 정신과의사도 다른 누구도 결코 알지 못할 아주 특별한 이유가 하나 있으니까. 린다 B였다. 그사이 그는 자신이 그녀와 협정으로 맺어졌다고 확신했다. 관광객에게 하듯 그녀가 꿈꿔온 티라나를 구경시켜준다는 기이한 협정이었다.

바깥은 어두워져 있었다. 버릇처럼 그는 밖으로 나가기 전에 한동안 창가에서 거리를 지켜보았다. 베트남 카페들의 정글이군! 그가 생각했다. 여기저기 드물게, 아주 드물게 아나콘다가 코브라를 대체한 경우도 있었다. 그러니까 브라질 카페 말이다.

이따금 어떤 날 저녁, 티라나에 달빛과 보리수향기가 유난히 짙게 깔릴 때면 린다 B는 관광객에서 약혼녀로 변신했다. 그럴 때면 그녀의 팔이 그의 팔 뒤로 미끄러져들어왔고, 두 사람은 말을 잃었다.

이런 저녁 가상의 대화는 대개 시내 주변에서 시작되었다. 국

립은행에서 카페플로라까지는 걸어서 오륙 분 거리밖에 안 돼
요. 정말요? 난 그보다 더 되는 줄 알았어요. 어쩌면 더 가까운지
도 몰라요. 걸음걸이에 달렸죠. 파리에 있는 그 유명한 카페, 카
페드플로르와 같은 이름 맞죠? 그런 셈이죠.

인형극 극장 앞을 걸을 때 그녀는 겁이 난 것처럼 보였고, 포
스터를 보지 않으려고 고개를 돌렸다. 가면 쓴 꼭두각시 때문이
었다. 그는 얼핏 그 이유를 희미하게나마 포착한 느낌이 들었지
만 모호해서 곧 잊었다.

작가클럽으로 가려면 조구 1세의 옛 궁을 빙 돌아가거나 장관
광장을 가로지르면 되었다.

그쯤에서 그는 부다페스트에 있는 클럽을 본떠 '페퇴피클럽'*
이라는 우스꽝스러운 이름을 붙였던 시절의 작가클럽에 관해 색
다른 무언가를 얘기해줄까 망설였지만 결국은 포기하곤 했다.
그녀가 너무 젊기도 했고, '정치적으로 낙인찍혀' 있었기 때문이
다. 과학아카데미의 정원을 따라 언제나 그들은 옛 왕녀들의 궁
이었던 국립도서관의 웅장한 그림자가 드리운 카르나르본거리
까지 말없이 걸었다. 도서관에 이르면 그는 이렇게 묻곤 했다.
내 사랑, 피곤하지 않아요? 그러면 그녀는 그의 어깨에 머리를

---

* 헝가리의 공산독재를 비판하던 지식인들이 모이던 클럽.

기대며 행복해서 피곤해질 수 있다는 생각은 한 번도 해본 적 없다는 걸 알면서도 피곤한 것 같다고 말했다. 반대로 그는 며칠째 (십이 일, 오늘까지 쳐서 십삼 일째) 한 발짝도 떼지 않은…… 다시 말해 땅 밑에 잠들어 있는 사람들처럼 꼼짝 않았던 그녀에게는 피곤한 게 당연하다고 생각했다……

그들은 왔던 길을 되돌아갔다. 그는 드리니호텔 입구까지 그녀를 데려다줘야 했다. 호텔의 정원은 왈츠를 추는 커플들의 피신처가 되지 못한 지 이미 오래였다. 그녀에게 가볍게 입 맞춘 뒤 그는 자기 아파트로 되돌아갔다. 루이지구라쿠치거리는 너무 가까워서 조금 더 산책을 길게 하기 위해 오페라극장을 한 바퀴 돌곤 했다……

그날도 마찬가지였다. 바리카다베거리에서 그는 평소처럼 중고품 가게 앞에 멈춰섰다. 늘 그렇듯이 가게는 문을 닫을 때 진열창에서 값비싼 반지들은 치워두었다.

선술집 '술통'에서 콧소리 섞인 노랫소리가 천천히 올라왔다. 루디안은 가사를 들으려고 걸음을 늦추었다.

내 손을 잡을 이는
여자가 아니라 별을 아내로 맞으리라.

몇 발짝 더 가서 그는 다시 걸음을 멈추고 귀를 기울였다.

그는 노래를 따라 부르다가 이내 고개를 저으며 이렇게 중얼거렸다. 이상도 하지……

나중에, 거의 자정이 되어 아파트 문을 밀자 종이 바스락거리는 소리가 주의를 끌었다. 종이를 주우려고 몸을 숙이면서 그는 미제나의 글씨를 알아보았다. '두 번이나 전화했었어. 내일 열시에 다시 걸게. M.'

11장

그녀는 평소보다 훨씬 더 해쓱하고 가냘파 보였다. 어렴풋이 번민이 어린 눈길과 창백한 얼굴빛은 성적 매력을 한층 두드러지게 했다.

그녀는 코냑 한 모금을 마셨고, 탁자 모퉁이에 내려놓은 유리잔에서 눈을 떼지 않은 채 무언가를 말하고 싶어하는 얼굴이었다. 그 말에 따라올 예정이었으나 잠자코 혼자 내걸린 미소를 지켜보며 루디안은 그녀가 방금 말하지 않은 것을 이미 알겠다는 확신이 들었다. 며칠 전 대지도자가 외국의 영향을 경계하며 그 예로 수도의 카페에서 코냑을 마시는 여자들을 언급했다는 얘기가 있었다.

아마도 밤이 내리길 기다리면서 그들은 해야 할 모든 이야기를 했다. 그러다 그가 낮은 소리로(너무 낮아서 혹시 그녀가 매 정하게 거절이라도 한다면 그냥 음탕한 생각이었을 뿐인 척해야 겠다고 마음먹은 참이었다) 말했다. 옆방으로 갈까?

놀랍게도 그녀는 아무 말 없이 일어나 그보다 앞서 침실로 갔다. 그가 커튼을 치는 동안 여자는 태연하게 옷을 벗었고, 역시나 자연스레 침대에 누웠다.

그들은 평소보다 오랫동안 침묵을 지키며 서로를 끌어안았고, 그런 다음 역시나 아무 말 없이 조용히 사랑을 나누었다.

이렇게 간단한 것이었구나. 이것이 무엇을 암시하는지 잘 알지 못한 채 그는 생각했다. 곧 자신이 그녀의 가슴을 어루만지고 있다는 걸 깨달았지만 애무에 동반되어야 할 말은 아직 내놓지 않았다.

말을 꺼낼 온갖 방법을 너무 골똘히 궁리한 나머지 이제 입에서 지리멸렬한 문장만 나올 것이라는 확신이 들었다. 그런데도 여자는 이런 질문을 던지지 않았다. 무슨 얘길 하고 싶은 거야? 아마도 그녀 역시 머릿속이 혼란스러운 모양이었다.

그녀는 주의깊게 그의 말을 들었고, 그의 예상과는 달리 침착하게 대답했다.

"우리는 둘 다 유방촬영을 했어." 이윽고 그녀가 입을 열었다. "게다가 애초에 검사를 시작한 건 린다가 아니라 나였지."

그는 냉정을 잃지 않으려 애쓰며 웅얼거렸다.

"당신이었다고……? 난 반대인 줄 알았는데…… 그 여자가 그런 줄 알았어…… 증상과 불안을 견딘 게 당신이었다니…… 가련한 사람……"

미제나의 가슴을 어루만지던 그의 손길이 어떤 멍울을 만날까 겁이 난 듯 느려졌다.

"내 사랑……" 그가 그녀의 귀에 대고 속삭였다. "당신이 '우리 둘 다 검사를 받았어'라고 말했을 때, 난 그 여자에게 의지할 누군가가 필요해서 당신이 도운 거라고 생각했어."

그녀는 침묵을 지킨 채 그의 말을 들었다. 의심을 한 방울씩 불어넣는 그런 종류의 침묵이었다.

"조금 복잡해." 그녀가 아주 낮은 소리로 말했다. "처음엔 나 때문이었는데 그 친구도 검사를 받고 싶어했지."

"아, 그러니까 그 여자도 같은 증상이 있었던 거군. 이제 알겠어……"

"아니, 잠깐만! 처음엔 증상도 걱정도 없었어. 그저 병원에 가는 나를 따라가야 했던 거지. 그러다 검사받을 생각을 한 건데, 그앤 어떤 경우에도 나 없이 유방촬영을 받을 수가 없었거든."

"아, 그렇군. 그 여자가 처한 상황 때문에?"

미제나는 고개를 저었다.

"당신은 아마 그 친구가 거주지 지정을 받은 처지라서, 또 그밖의 모든 것 때문에 그런 검사를 받을 권리가 없었을 거라고 생각하겠지만 그게 아니었어. 만약 어떤 통증을 느꼈거나 증상을 보였다면 검사받을 권리를 얻었을 거야. 하지만 정확한 이유 없이, 다시 말해 그냥 일종의 강박 때문이거나 아니면 예방 차원에서라면 그럴 수 없었지."

"잘 못 알아듣겠어. 그렇다고 당신이 아무 이유 없이 유방촬영을 받은 건 아니겠지."

놀랍게도 그녀는 이렇게 대답했다. 어느 정도는 그런 셈이었지.

그는 억지로 웃어보려 했지만 씁쓸한 미소밖에는 나오지 않았다.

"내가 제대로 이해한 거라면 당신들 둘 다 그냥 검사를 받으러 간 거군. 처음엔 당신이, 그리고 당신을 따라서 그 여자가. 아무리 봐도 이상해……"

여자는 깊이 숨을 들이쉬었다.

"흥분하지 마…… 설명하기 복잡한 일이야. 내가 병원에 간 건 그냥도 아니고 요새 흔히 쓰는 말마따나 재미삼아 간 것도 아니야. 그래 보일지는 모르겠지만. 그리고 그 친구는 더더욱 아니었지. 조금 더 명료하게 말하도록 애써볼 테니 흥분하지 마." 여자가 그의 목덜미를 어루만지며 덧붙였다. "알았지?"

그러곤 아주 약한 목소리로 거의 중얼거리듯이 질병예방 목적으로 고위공무원과 그들 가족의 의료검진에 적용되는 일종의 법 또는 규정에 대해, 지도층에게만 주어지는 특별진료 기회 등에 대해 얘기하기 시작했다. 그도 모호하게나마 그런 게 있다는 걸 들어본 적이 있었지만 어쨌든 모호한 얘기였다. 게다가 정치국 요원들에게만, 엄밀히 따지자면 장관들에게만 해당되는 것으로 생각했지 지방까지 적용될 정도로 광범위한 것인 줄은 알지 못했다. 미제나의 아버지는 비록 공식 직함은 없지만 그 혜택을 누릴 수 있었고, 미제나도 마찬가지라 유방촬영을 하게 되었다…… 한 의사가 티라나에서 왔고, 미제나는 린다와 함께 유방촬영을 하러 갔다. 가는 길에…… 미제나가 말을 잇는 동안 그는 생각했다. 가는 길에 친구가 자기도 검사를 받고 싶다고 얘기했고, 그 후 죽음이 복수에 나선 거겠지. 무시당한 데 대한 보복으로. 제 권리를 되찾으려고 말이지. 늘 그렇듯 잔인하게. 두 여자에게, 아니면 적어도 둘 중 한 여자, 린다에게…… 미제나가 말을 이었다. 가는 길에 린다가 자기를 도와달라고 부탁하더라고……

약속한 대로 그는 한 번도 그녀의 말을 자르지 않았다. 이야기를 마칠 무렵 그녀가 얼마나 기진맥진해 보이던지 "좀 자도 되지?"라는 말이 더없이 자연스럽게 느껴졌다.

그는 그녀의 두 뺨에 입을 맞추었고, 이렇게 가슴 아픈 이야기는 평생 들어보지 못했다고 생각하며 그녀의 어깨를 감싸주었다.

여자의 가벼운 숨소리가 그의 기억 속 다른 주파수에 맞춰 사건에 리듬을 부여했다. 여자가 잠에 빠져 멀리 떨어진 지금, 비밀스럽게 수도의 의사를 맞아들인 저 작은 시골병원에서 무슨 일이 일어난 건지 상상하기가 훨씬 수월한 느낌이었다.

두 여자는 거의 황량한 길을 달려 병원으로 향하고 있었다. 둘은 점점 말수가 줄어들었다. 걱정돼? 린다가 묻자 미제나가 대답했다. 아니, 뭐라고 말해야 할지 모르겠어. 어쨌든 마음이 편하진 않네. 그저 예방 차원에서 받는 검사였지만 불안감이 얼굴에 드러난 모양이었다. 그런데 린다가 더 낙심한 것처럼 보여 미제나는 놀랐다. 마침내 린다가 기어들어가는 소리로 말했다. 있잖아, 넌 나를 위해 지금까지 이미 많은 것을 해주었고 그 고마움은 영원히 간직할게. 네 너그러움을 남용하고 싶은 생각은 없지만 마지막으로 한 가지만 더 부탁하고 싶어…… 난 앞으로 유방 촬영을 해볼 기회가 전혀 없을 거야…… 네가 날 도와줄 수 있을지 모르겠는데……

미제나가 웃으며 말했다. 친구야, 기꺼이 도와줘야지. 그런데 이 검사가 너한테 무슨 소용이 있겠어? 이쪽으로 넌 전혀 불안을 느끼지 않는다고 했잖아.

다른 이유가 있어. 아주 내밀한 이유야. 린다가 말했다.

그러니까 이유가 있었네. 미제나는 생각했다. 무시무시하고 냉혹한 이유라서 마음속에만 담아두고 있었구나. 아마 동정받기 싫어서였겠지. 저애의 암울한 운명은 거주지 지정만으로는 부족했던 모양이지. 이런 최후의 일격까지 받아야 하다니.

감정이 복받친 미제나의 포옹을 린다는 상대적으로 차갑게 받아들였다. 네가 생각하는 그런 이유가 아니야. 난 증상이 전혀 없다고 말했잖아.

뭐라고? 날 놀리는 거야? 미제나가 거의 화난 얼굴로 외쳤다.

상대는 해명을 하려고 애썼다. 한순간의 기분으로 한 말은 절대 아니야. 불안을 느끼지도 않았고 증상도 없는 건 사실이지만, 난 유방촬영을 받기 위해서라면 뭐든지 할 준비가 되어 있어⋯⋯ 이 일은 심지어 나의 유일한 기회고 유일한 희망이야⋯⋯

유일한 기회라고? 미제나가 거듭 물었다. 무슨 기회?

그녀가 들은 건 더없이 가슴 아픈 얘기였다. 처음에 그녀의 뇌는 듣기를 거부했지만 나중에는 새겨담았다. 린다에게는 꿈꿔온 도시로 가는 유일한 기회가 이 유방촬영에 달려 있었다. 다시 말해 유방촬영이 질병의 존재를 드러내줄 가능성에. 그녀처럼 거주지에 유배된 사촌이 알려주었는데, 그 치료가 유배된 사람들이 가질 수 있는 유일한 권리라는 것이었다. 치료는 티라나 병원의 종양과에서 행해진다고 했다. 사촌은 한 달에 한 번 기차로 오가며 추적검사를 받아야 했다. 기술상의 이유로 병원에서 하룻밤을 보내고 이튿날 돌아왔다. 이런 생활이 여섯 달에서 여덟 달 동안 계속되었다. 이제 왜 이게 나의 유일한 기회인지 이해하겠어? 네가 나보고 미쳤다고, 정신병자라고, 바보라고 해도 어쩔 수 없어. 내 입장이 되어봐! 분명 많은 여자가 나처럼 할 거야.

"난 믿을 수 없을 정도로 빨리 그애의 말에 수긍했어. 아마 나라도 같은 선택을 했을 거야. 거주지에 갇힌 숱한 세월을 여섯 달의 삶과 바꾸는 것 말이야. 그리고 어쩌면 하늘이 도와 결국 위험에서 벗어날 기회가 있을지도 모르잖아."

이제 병원이 눈에 들어왔다. 린다의 눈은 고마움으로 반짝였다. 의사가 받아들이지 않을지도 모른다는 걱정이 남아 있긴 했다. 다행히도 외국에서 연수를 마치고 돌아온 젊은 의사였다.

"난 최대한 노력했어. 의사에게 린다가 나의 절친한 친구이고 걱정스러운 징후가 있는데 진료 목록에 있는 가족은 아니라고 말했지. 의사는 망설였지만 아마도 린다의 미모 때문에 결정을 내렸던 것 같아. 우리는 블라우스를 벗으러 대기실로 들어갔어. 서로의 가슴을 본 것은 그때가 처음이었어. 어쩌면 내가 지금 이…… 가슴 얘기를 꺼내는 게 우연은 아닐 건데…… 그렇지만 부탁이야, 내 말 자르지 말아줘.

우리는 얼떨떨하면서도 편안해진 마음으로 어두운 엑스선촬영실을 나왔어. 둘 다 뺨이 발그레했지. 돌아오는 동안 린다는 계속 재잘거렸어. 그앤 모든 걸 이미 생각해둔 뒤였어. 세세한 사항까지."

미제나가 병원에 같이 가달라고 부탁했을 때부터 그녀는 이 계획 말고 다른 건 생각할 수 없게 되었다. 처음엔 미친 짓처럼 보였지만 이젠 포기할 수 없었다. 그토록 꿈꿔온 수도의 여러 장소를 떠올렸고, 마침내 그걸 알게 되리라 생각했다. 두 여자가 하나하나 모든 것에 대해 얘기했던 장소들이었다. 그녀는 루디 안 스테파를 만나보려는 마음도 감추지 않았다. 자신의 미모를 알았기에 빙빙 주변만 돌 생각은 없었다. 그에게 전화를 걸어 분명히 말할 작정이었다. 선생님께서 책에다 '린다 B에게'라고 써주신 바로 그 여자예요. 선생님을 만나고 싶어요.

이따금 그앤 내게 말하곤 했어. 호텔 이야기는 멋져. 티라나 한가운데 홀로 호텔에 묵는 걸 생각해봐! 그 친구 가족 중 누구도 그앨 따라 그곳에 갈 수 없을 테니까. 그곳 체류는 가족 모두에게 금기사항이었어. 그러니까 모두가 유배상태였지…… 그앤 아르버레셔* 노래 〈모두가 땅속에〉를 읊조리곤 했어. 그 노래 기

---

* 이탈리아 남부에 거주하는 알바니아인 소수민족.

억나?

　여기가 내 어머니 계신 곳
　여기가 내 아버지 계신 곳
　여기가 내 형제 있는 곳
　모두들 땅속 깊은 곳에 있지⋯⋯

　선고의 날이 다가올수록 그녀의 상상도 분주해졌다. 그녀는 루디안에게 "선생님을 만나고 싶어요"라는 말을 하고 호텔 이름과 방 번호를 줄 생각이었다. 그녀에겐 허비할 시간이 없었다. 삶에 진지한 그녀는 그와의 만남을 계획하는 데도 똑같은 열의를 보였다. 모든 걸 미리 준비해두어야 했다. 거추장스러운 첫 경험 문제마저, 다른 여자아이들과 달리 그때까지 전혀 관심을 내비치지 않았던 체육교사까지 동원해 해결할 작정을 했다.
　루디안은 미제나가 언제라도 얘기를 중단할 것 같은 느낌을 받았다. 그래서? 그는 이 말을 내뱉지 않으려고 애써 참았다. 이따금 이야기의 마지막 말은 끝내 알지 못하리라는 생각에 겁이 덜컥 나기도 했다. 꼭 참을성 없는 짐승처럼 생각이 앞질러 달려갔다. 젠장, 이 이야기는 제대로 마무리가 안 됐잖아. 대체 그다음엔 무슨 일이 일어난 거야?

검사 결과 통보일이 다가왔다. 무언가를 두려워하는 사람들처럼 두 여자는 그 얘기를 피했다. 그러나 침묵은 엄습해오는 그림자를 내쫓기는커녕 오히려 더 두드러지게 만들 뿐이었다.

미제나는 아직 죽음에 대해 아무 말 하지 않았지만, 루디안은 죽음과 죽음의 복수가 만든 장난을 줄곧 생각하고 있었다. 너무 늦게 진단된 급성 암. 아니면 또다른 자살 이유. 유배된 사람들에게 적용되는 규칙의 갑작스러운 변경이라거나. 제4조 12항: 유방암 치료를 위한 수도 체류 허용을 철폐한다.

주말에 결과가 도착했다. 두 사람에게 축하의 말을 건넨 간호조무사는 그들의 반응에 어안이 벙벙했다. 두 여자는 처음엔 얼이 빠진 것 같더니 냉랭하게 서로를 끌어안았다. 꼭 망상에 빠진 사람들 같았다. 두 사람의 눈물만이 사실적이었다.

"그때 심정을 어떻게 묘사해야 할지 모르겠어. 모든 게 뒤엎어졌지. 기쁨과 슬픔이 번갈아 이어졌어. 그런데 분별없게도 기이하고 엉뚱한 위안이 모습을 드러내더라고."

두 가지 자살 이유는 사라졌군. 루디안이 생각했다. 마지막 하나만 남았어. 암이 나타나지 않아서 자살하는 것.

아니야! 그가 속으로 외쳤다. 졸렬한 짓에도 한계가 있어. 그건 너무하잖아. 틀을 벗어나는 잔인함이라고.

루디안은 이 새로운 소재에 적응하려 애쓰면서 자신의 추론능력이 엉망이 되었다는 느낌을 받았다. 이 세기말에 암의 존재를 확인하는 유방검사가 갑자기 궁극적인 기회가, 거의 구원의 기회가 되다니. 게다가 그걸로 부족한지 암이 없다는 결과가 거꾸로 죽음의 소식을, 모든 희망의 종말을 의미하다니. 여자는 자기 목숨을 걸고 며칠을, 단 몇 시간의 정상적인 삶을 사고 싶어했다. 하지만 이 희생마저 거부당했다.

루디안은 그녀의 입장이 되어보려고 애썼다. 자신의 모든 꿈이 무너졌다. 친구 미제나마저 곧 다시 떠날 것이다. 무한한 고독. 암이 해결책처럼 보인 건 전혀 놀랄 일이 아니었다. 이런 경우 대개 사람들은 죽음이라는 생각에 빠져드는 법이니까. 하지만 암에 걸리기에는 아직 너무 일렀다.

권리가 없어…… 그가 흐릿하게 혼잣말을 했다. 한순간 그는 생각의 끈을 놓쳤다. 무슨 권리가 없다는 거지? 그에겐 권리가 없었다. 아, 그래, 놀랄 권리.

프롤레타리아독재가 강력할수록 자유는 크리라. 사방에 새겨진 말이었다. 공연장 벽에, 발코니에, 국가의 상징 아래. 이 글이 펄럭이는 붉은 깃발 아래 모두가 조금도 놀라지 않고 행진했다. 이 글귀에 누구도 놀라지 않는데, 거의 쌍둥이처럼 똑같은 문구를 읽고 어찌 아연실색하겠는가? 암이 우리의 행복을 만들어주리라는 문구 말이다.

미제나가 이야기하느라 지쳐서 잠을 좀 자야겠다고 말한 것이 바로 그때였다.

그는 그녀의 머리카락을 쓰다듬으며 작은 소리로 속삭였다. 그러니까 내가 짐작한 대로였어. 유방검사 결과가 그녀를 죽게 만든 거지. 나쁜 결과가 아니라 건강하다는 결과가 말이야…… 내게 암이 없다니, 이 세상에서 이젠 할 게 없어.

마음속으로 그는 말했다. 끔찍한 일이야!

미제나의 동공이 다시 커지더니 부정의 뜻으로 고개를 저었다.

"그 얘기는 다시 해. 지금은 그냥 쉬게 해줘." 그녀가 속삭였다.

그는 '잠깐만!'이라고 말하고 싶었지만 이미 늦어버렸다. 미제나의 호흡에 일어난 리듬 변화가 뭔가 말을 가로막았다.

그러니까 유방검사 때문이 아니었다? 그럼 대체 뭔데? 그는 소리를 지를 뻔했다. 깨울까? 그게 이유가 아니었다면 대체 뭐란 말이야? 왜 당신은 늘 최악의 순간에 입을 다무는 거지? 무슨 일이 일어난 거야? 그래서 당신이 나타난 거야? 그게 원인이야? 수수께끼? 난 내가 원인인 줄 알았어. 그 책과 그 빌어먹을 헌사 때문인 줄 알았다고. 그런데 유방촬영이 불쑥 튀어나오길래 이번엔 그것 때문이라고 생각했어. 그런데 이젠 또 그게 아니다? 그러면 대체 뭐야? 이제 남은 건 당신뿐이야. 다른 건 없어. 왜 그랬어? 말해봐. 왜 모든 걸 얘기하지 않지?

미제나의 규칙적인 숨소리를 들으니 그녀가 또 중요한 걸 숨 겼다는 생각이 들었다. 그녀가 슬쩍 언급했던 파티가 간간이 떠 올랐다. 두세 번 그는 그녀의 말을 자르고 파티라는 말로 표현된 저녁 모임이 정확히 무엇인지 물었지만, 미제나는 단 한 번 짤막 하게 대답했을 뿐이다. 고등학교 졸업파티였어. 작별파티. 당신 이 학교 다닐 때는 안 했어?

그녀가 깨기까지 기다리기가 힘들었다. 지금까지 핵심을 묻지 못했다는 느낌이었다.

호흡의 리듬이 달라진 걸 보니 그녀가 잠에서 깨려는 모양이 었다. 퉁명스럽게 대할 작정이었는데 이상하게도 반대의 말투가 나왔다. 부드러운 목소리로 그는 그녀의 귀에 속삭였다. 그러니 까 유방검사가 아니었군⋯⋯ 다른 게 이유였어, 그렇지? 무슨 일이 일어났는지 얘기해줘. 그래서 당신이 등장한 거야?

"그 질문 할 줄 알았어." 그녀가 말했다.

그는 그녀의 얼굴에 그려졌을 씁쓸한 미소를 보지 않고도 떠 올릴 수 있었다. 그 눈길에 담겼을 분노 섞인 빈정거림까지도.

"난 당신을 조금도 비난하지 않아." 그녀가 침착하게 말했다. "내가 당신이라도 그렇게 생각했을 테니까."

"당신에게 상처줄 생각은 아니었어." 루디안이 말했다. "누구 라도 내 입장이라면 진실을 알고 싶을 거야. 난 내 탓이라고 수

없이 생각했어…… 물론 의도한 건 아니지만, 그런 생각도 위안
은 되지 못했어."

"당신을 비난하는 게 아니야." 미제나가 거듭 말했다. "이 일
때문에 나는 안 괴로웠을 것 같아? 괴로웠고, 울기도 했어. 당신
도 봤잖아. 그러는 내게 몇 번이나 고함을 지르고 때리기까지 했
지……"

"때리지 않았어."

"거의 그럴 뻔했어. 그게 그거지. 당신은 내게 소리지르고, 나
를 스파이 취급하고, 내게 외쳤어. '대체 무슨 일이야?' 내가 왜
그랬는지 이젠 당신도 알잖아."

"날 용서해. 당신을 아프게 할 의도는 없었어."

얼마 동안은 두 사람의 뒤섞인 숨소리밖에 들리지 않았다. 둘
의 마음만큼이나 읽어내기 어려운 소리였다.

"내가 그애에게서 모든 걸 빼앗았어." 미제나가 중얼거렸다.
"그애는 집과 재산과 보석을 압수당했지. 그런데도 난 그애가 가
진 가장 소중한 것을 빼앗은 거야. 그 친구가 가진 마지막이자 유
일한 것을……" 그가 듣지 않으려고 그녀의 입술 위로 손을 가져
가려 했지만 그녀는 말을 뱉어내고 말았다. "바로 당신 말이야!"

그는 하마터면 이렇게 말할 뻔했다. 자책할 것 없어. 그 일로
울었고 죄책감을 느꼈잖아. 하지만 알맹이 빠진 쓸모없는 얘기

처럼 느껴졌다.

"우리도 항상 진실한 건 아니지." 그녀가 말했다. "당신이나 나나 그럴 용기가 없으니까. 우리는 진실을 피해가. 가장 위험한 진실을 피하지. 왜냐하면 겁이 나니까."

"난 아냐." 그가 말했다.

"물론 그렇겠지. 모든 게 내 책임인 게 당연해. 하지만 당신도 알고 있잖아. 당신은 이 모든 것에서 도망칠 수 없어. 내가 당신을 사랑하기 시작했다는 걸 당신도 잘 알잖아."

물론이지. 그는 생각했다. 알긴 했지만 이 일과는 무관했다······ 루디안은 맑았던 정신이 다시 흐려지는 것 같았다. 그 영향을 받은 건지 미제나의 말도 다시 혼란스러워졌다.

물론 이건 그녀의 사랑 이야기가 아니었다. 다른 여자의 이야기였다. 거주지를 지정당한 친구의 이야기. 말하자면 완벽하게 준비되어 있는 사랑을 그녀가 발견한 것이다. 이웃집 담장을 기어오르는 덩굴처럼, 우연히 주운 결혼반지처럼······ 질병처럼 사랑도 전염되는 걸까? 보아하니 그런 것 같다. 린다 B가 그녀에게 옮긴 것이다. 두 여자가 왕래하는 동안, 린다와 루디안 사이에 끼어 있던 미제나는 마치 위험지구에 들어선 사람처럼 감염된 것이다. 무슨 일이 일어날 수 있을지 미처 생각도 못한 채 흘러가는 대로 휩쓸린 것이다······

흠. 더 멀리 갈 것도 없이 이런 각도에서 사태를 보기란 쉬운 일이었다. 그러나 뒤집어 생각해보기도 쉬웠다. 그녀가 그런 생각을 품고 있었을 뿐 아니라 의식하지 못하는 사이 은밀히 다른 무언가가 그녀를 그에게 떠밀었다고 말이다. 거기엔 어둠의 논리가, 완전히 변태적인 논리가 작용했다. 그녀가 친구의 애인을 훔친 거고, 그런 일이야 너무도 흔한 게임 아니냐고 말하는 것 역시 쉽다. 하지만 아니다, 거기엔 다른 무엇이 있었다. 도저히 그에게 다가갈 수 없는 처지인 린다가 암을 소망한 것만큼이나 비뚤어진 방식으로 미제나를 부추겨 이 우회로로 접어들게 만든 것이다.

질투심? 두 여자 사이에는 사랑 이야기에 필요한 모든 게 있었다. 단 한 가지만 달랐다. 사건이 언제나 알 수 없는 차원의 베일에 싸여 있었다는 것. 숙명의 왕국에서 불쑥 나타난 것 같은 베일. 그것이 익숙한 균형을, 논리를, 사물의 질서를 교란했다. 친구에 대한 미제나의 질투가 있었으나 그것은 전혀 상반된 가면을 쓴 채 극도로 왜곡되었으며, 미제나에 대한 린다의 질투도 있었지만 그 또한 불투명한 이중가면 뒤에 훨씬 더 깊숙이 감춰져 있었다.

두 여자 사이에 분노가 모습을 드러낼 때도 있었지만 딱 그 수준까지였다. 언젠가 한번, 그가 서가 근처에서 그랬던 것처럼 린다가 자기 머리채를 잡을 것 같다는 느낌이 들었을 때 미제나는 생각했다. 물론 나는 대리인일 뿐이고, 저 두 사람이 이 사건의 주인공이야. 사실 그것이야말로 적확한 단어였다. 대리인.

루디안의 관자놀이가 펄떡였다. 이런 경우 저 말은 어떤 의미일까? 모든 게 혼란스럽기만 했다. 그는 그녀가 대리인이라기보다는 불가능한 것을 시도한 일종의 전령이었다고 지적하고 싶었다. 금지구역에서 가져올 수 없는 것—한 여자의 사랑—을 가져오려 한 전령. 그것은 당연히 불가능한 정도가 아니라 그 이상이었다. 자연 질서가 금지하는 것보다 더한 금기이자 처벌받을 일이었다.

머릿속에 막 떠오른 것을 말로 표현하기도 그로선 어려웠다. 그는 생각했다. 죽음의 전령. 당신은 그녀를 데려오는 법을 몰랐잖아!

그의 생각을 읽기라도 한 것처럼 미제나가 말했다.

"우리가 죄책감에서 벗어나려고 해봐야 소용없어."

그녀의 눈이 매섭게 그를 응시했다. 마치 이렇게 말하는 것 같았다. 우리가 그녀를 죽였어. 우리 둘이서.

어쩌면 그런지도 모르지. 그가 생각했다. 명확히 나누긴 어렵지만 이 암울한 사건에서 그의 몫이 그녀의 몫보다 작다고는 할 수 없었다.

"당신은 번민할 것 없어. 가책을 느꼈잖아. 그걸로 충분해. 이 나라에서는 어떤 일에도 누구 한 사람 가책을 느끼지 않는걸." 그가 다정하게 말했다.

그는 그녀의 얼굴을 어루만지고, 관자놀이를 덮은 머리칼에 입을 맞추었다.

우리는 그녀를 죽이지 않았어. 그가 생각했다. 다만 그곳에서 빼내오지 못했을 뿐이지. 이건 다른 얘기야……

미제나는 반박의 기미를 보이지 않았다. 흐릿한 눈길로 아직 자기 가슴을 어루만지는—그러나 이제는 참으로 낯설어 보이는—손을 곁눈질할 뿐이었다.

미제나는 그 손의 움직임을 계속 좇았다. 그러다 문득 알아듣기 힘든 몇 마디 말을 내뱉었고, 그는 화들짝 놀랐다. 바로…… 이 가슴에서…… 모든 게 시작된 거야.

그러니까 죽음이 여기 웅크리고 있었단 말인가? 루디안이 번 뜩 생각했다. 그는 다시 유방촬영을 떠올렸고, 재차 그 얘기를 꺼냈다.

아까처럼 미제나는 고개를 저었다. 따라서 남은 건 질투뿐이었다. 그들은 다시 여러 차례 되풀이된 말의 순환 속으로 빠져들었다. 잠재우는 것이 불가능한 케르베로스. 한 여자의 숨겨진 질투심. 그리고 더욱 깊이 감춰진 다른 여자의 질투심. 질병처럼 전염되는 사랑. 다이아몬드나 빚이나 유산처럼 사랑도 주거나 돌려받는 것이 가능할까? 아프로디테 여신은 그것을 친구들에게 빌려주었다. 허리에, 아랫배에 찰 수 있는 혁대 형태로. 따라서 확실히 만질 수 있는 형태로 말이다. 그걸 이 구역에서 저 구역으로 옮기는 건 아마도 훨씬 어려웠을 것이다. 무시무시한 플루토늄의 수송보다 훨씬 위험했을 것이 분명하다…… 따라서 질투만 남았으리라. 왜 당신이 내게 왔는지 묻는 게 아냐. 내가 묻는 건 다른 거야. 어떻게 그녀가 그걸 알게 되었지? 당신은 왜 그걸 그녀에게 말했지?

"난 절대 그러고 싶지 않았어. 아마 파티에서 갑자기……"

설마……! 그가 속으로 외쳤다. 다시금 유책 사유가 그를 따라잡았다……

"왜 내가 그걸 그애에게 말했느냐고? 모르겠어. 어느 순간 그애가 알고 있다는 느낌이 들었어. 잠깐만, 그게 원인은 아니었어. 진정해, 제발! 이 세상에서 내가 가진 가장 소중한 것을 걸고 맹세할게. 당신이 생각하는 것 때문이 아니었어. 질투의 불이 아니었다고. 이게 내가 하고 싶은 말이야. 절대로 그게 아냐. 다른 일 때문이었어. 파티에서 일어난 전혀 다른 일 때문에……"

12장

마취된 사람처럼 그녀가 점점 더 횡설수설할수록 그에게는 졸업파티 장면이 더 생생해졌다.

그런 파티가 어떤 것인지 그는 모르지 않았다. 참석한 지 스무 해가 흘렀지만 모든 것이 아주 명료하게 기억에 떠올랐다.

춤꾼들의 탐욕스러운 눈길 아래 탱고곡이 힘겹게 이어졌다. 간헐적으로 커플춤이 중단되고 단체원무로 대체되면 학생들이 손에 손을 잡고 원을 넓혀 머뭇거리는 친구들을, 선생들과 교장을, 마지막으로 귀빈을, 다시 말해 당 서기관을 끌어들였다.

그런 다음 다시 느릿느릿 음악이 흘러나왔다. 평생 처음으로 술에 취한 남학생들의 반짝이는 눈, 여학생들의 한숨소리, 두 진영에서 발설되는 중의적인 말들, 그리고 후회, 말하지 못한 것에 대한 숱한 후회.

맥주캔으로 뒤덮인 귀빈석에 자리한 귀빈들은 활기 띤 파티장을 눈으로 좇았다. 혹시 모를 일탈에 대한 우려만 거두고 보면 여기저기 그들의 자식이 섞여 있는 학생들을 향한 그들의 애정은 점차 커져갔다. 학생들은 즐길 자격이 있었다. 학업을 마쳤고, 청년공산당에 할당된 과업을 완수했으며, 험담하기 좋아하는 사람들 얘기와는 달리 도덕성도 흠잡을 데 없었다. 보라, 이렇게 고삐 풀린 파티에서도 학생들은 단체원무와 당가를 빠뜨리지 않았고, 특히 최신 유행곡도 잊지 않았다. 대지도자님, 오 대지도자님, 장수하소서!

탱고곡이 낮아졌다가 높아졌다 하는 동안에도 웅성거림은 잦아들지 않았다. 남녀 커플 외에 간간이 여학생 커플이 보였고 더 드물지만 남학생 커플도 보였다. 늘 그렇듯이 문학선생과 춤추는 학생들도 있고, 선생끼리 추는 경우도 있었으며, 교장도 아내와 함께 춤을 추었다. 파티의 절정을 이룰 귀빈의 슬로댄스를 기다리면서. 하지만 귀빈은 파티가 끝날 무렵에만 끼어들 터였다. 자정은 아직 멀었고 당장은 감정의 토로와 머리를 맞댄 속닥거림, 까닭 모르게 오가는 움직임, 그리고 무엇보다 잦은 화장실 출입이 눈에 띄었다.

귀빈석에 자리한 미제나의 아버지는 소란 속에서 눈으로 딸을 찾았다. 그는 딸의 바람을 거스르고 이번이 마지막이 될 거라고 맹세한 뒤 자신이 가진 메달을 모조리 자랑스럽게 가슴에 내걸었다. 이날 오후 그는 딸에게 설명했다. 자랑하려는 게 아니라고. 오랫동안 이 국가를 위해 어둠 속에서 일한 그는 단 두 번의 기회에만 훈장 전부를 내걸겠다고 약속했다. 졸업파티, 그리고 운명이 허락한다면 딸의 결혼식. 이제 그는 눈으로 딸을 좇으며 이렇게 말하는 것 같았다. 네 결혼식 때까지는 내가 이 세상에 있을 것 같지 않구나. 그러니 오늘 저녁만은 날 용서하렴.

미제나와 린다는 무리에 섞여 다시 함께 춤을 추었다. 많은 남학생이 춤 신청을 했지만 둘은 벌써 두번째로 그들에게서 벗어난 터였다.

"그러니까 넌 곧 떠나겠네. 나 혼자 남겨두고." 린다가 탄식했다.

미제나는 소스라치며 이렇게 말할 뻔했다. 제발 부탁이야. 그런 식으로 말하지 마.

그리고 문득, 왜 친구의 머리모양이 자신에게 감탄과 두려움을 동시에 불러일으키는지 알 것 같았다. 그 모양이 할말과 어울리도록 준비된 것이라는 막연한 예감이 들었다.

그녀는 린다를 혼자 남겨두고 곧 떠날 터였다. 린다의 머리에 꽂힌 핀이 반짝거리며 두 여자가 서로에게 감추고 싶어하는 모든 것을 드러내는 듯했다.

미제나는 당혹스러웠다. 무슨 말을 해야 할지 알 수가 없었다. 기회는 지금뿐이었다. 틀림없는 이별의 시간이었다. 말하지 못한 것들. 두 사람이 세번째 춤을 추게 될지는 확실하지 않았다.

이런 상황에 체육교사의 눈길이 느껴졌다. 그 눈이 그녀에겐 숙명의 얘기를 뒤로 미룰 기회처럼 보였다. 저 선생은 왜 널 저렇게 뚫어져라 쳐다볼까? 안절부절못하는 것 같은데. 그런지도 모르지. 린다는 딱히 관심을 기울이지 않고 대답했다. 그녀는 뭔가를 말하려다가 머뭇거리는 것 같더니 곧 덧붙였다. 저 사람 잘못은 아니야. 내가 티라나로 갈 수 있으리라 생각했을 때 아마 저 사람에게 희망을 주었던 모양이야. 왜 그런지 알잖아. 아, 알지. 미제나가 말했다.

선생은 얼빠진 얼굴로 린다를 응시하고 있었다. 그의 눈은 마치 이렇게 말하는 듯했다. 왜 나를 못 알아보는 척하지?

미제나에게는 탱고가 이렇게 길게 느껴진 적이 없었다. 그녀는 린다의 향수냄새를, 아마도 군주제 시절에서 튀어나온 듯한 낯설고 은은한 향기를 맡았다. 두 사람은 이제 아무 말도 하지 않았다. 그러다 그녀가 무엇보다 겁내는 말을 린다가 꺼냈다. 어떻게 날 버리고 떠날 수 있어?

그애에게 무슨 말을 해야 할지 몰랐어. 모든 말이 의미 없게 느껴졌지. 아냐, 난 널 버리지 않아, 라거나 다른 빈말도 소용없을 것 같았어. 그애처럼 나도 어떤 위로도 소용없다는 걸 알았으니까. 그애의 미래에 대해선 우리 둘 다 잘 알고 있었지. 외딴 시골 어느 면소재지의 유치부 교사가 되거나, 아니면 어느 협동조합 소속 농장 노동자가 되어 불이익을 당하지 않으려고 헛간과 나무 우거진 비탈 사이에서 작업반장에게 몸을 내주게 되거나.

"넌 나의 마지막 희망이었어." 난 손으로 그애의 입을 틀어막고 아냐, 라고 말하고 싶었지만 이것 또한 하지 못했어. "넌 세상 소식을 내게 가져다주었지…… 그 사람의 소식을."

그애가 말을 하면 할수록 난 점점 더 죄지은 기분이 들었어. 양심의 가책을 덜지 않고 어떻게 내가 떠날 수 있었겠어? 이날 파티가 마지막 기회였지. 난 하기 힘든 해명을 수도 없이 예상해봤어. 당신과 관련된 해명 말이야. 그애에게 주게 될 고통도 헤아려보았지. 그게 가장 견디기 힘들었어. 차라리 그애가 화를 냈으면 싶었어. 배신자, 어떻게 네가 하나뿐인 내 꿈을 훔쳐갈 수 있지? 그러면 반박하기가 훨씬 쉬울 것 같았어. 날 비난하지 마. 책임은 너한테 있어……

내 생각이 옳다고 믿었어. 당신에게 이미 말했듯이 그애가 나를 당신 쪽으로 밀었다는 확신이 들었지. 신문에서, 특히 텔레비전에서 당신을 볼 때마다 그애의 눈은 반짝였어. 그앤 당신이 한 말을 외워서 되풀이했어. 내게 이렇게 묻기도 했지. 그 사람이 마음에 들어? 말해봐. 마음에 안 들어? 그런 다음엔 곧 이렇게 덧붙였어. 누가 운좋은 사람들인지 난 알지!

미제나는 이날 파티를 견뎌야만 했다. 이젠 파티가 어서 빨리 끝나기를 바라는지, 아니면 숙명의 순간이 닥치지 않도록 길어지길 바라는지 그녀 자신도 모른 채…… 망설임은 그녀를 오래도록 괴롭혔다. 그녀는 결과가 초래할 상처를 겁내면서도 그 무거운 짐을 벗고 싶었다. 그것은 넘지 말아야 할 선일지도 몰랐다.

자정이 가까웠다. 자정이 그녀에겐 왠지 아주 두렵게 느껴졌다. 두 사람은 다시 각자 남학생과 함께 춤을 추었지만 눈으로는 움직이는 수많은 어깨 사이에서 서로를 찾고 있었다. 서로가 다시 함께 있고 싶어 초조해한다는 걸 알았다. 그러다 다시 그들에게 기회가 주어졌다.

오케스트라가 점점 더 소리를 높였다. 당 서기관과 몇몇 귀빈은 벌써 자리를 뜨고 없었고, 이런 경우 대개 그렇듯이 그때까지 소심하게 울리던 색소폰소리가 커졌다.

색소폰 연주자는 모두의 관심을 받아 흡족한 얼굴로 흥겹게 머리카락을 휘날리며 린다에게 미소를 지었다.

그애도 그에게 미소를 지어 보였지만 정신은 딴 데 팔려 있었어. 린다는 머리를 내 귀 가까이 대고 속삭였지. 혹시라도 네가 그 사람에게 다가갔다면…… 이 말을 내가 정말 들은 건지 아니면 그렇게 듣기를 바라고 꿈을 꾼 건지 모르겠어. 린다는 고개를 살짝 뒤로 빼더니 내 눈을 똑바로 응시하며 덧붙여 말했지. 내가 한 말 들었어? 혹시 네가 그 사람과 사귄다면……

미제나는 질겁했다. 같은 생각을 그녀는 다르게 표현했다. 혹시 네가 그 사람을 만난다면이 아닌, 다른 표현을 사용했다. 그녀가 한 번도 쓴 적 없는, 훨씬 노골적이고 저속하기까지 한 표현을. 혹시 네가 그 사람과 사귄다면……

색소폰이 긴 울음을 토해냈어. 나는 완전히 돌이 된 채 굳어 있었지. 어쩌면 그게 나의 유일한 구원의 길인지도 몰랐어. 마비된 채라면 무엇을 전달할 필요도, 받아들일 필요도 없으니까. 그애의 말은 베일에 싸인 채 들려왔어. 그 말에서는 벗어날 수 있었지만 어떤 경우에도 그애의 눈길에서는 벗어날 수가 없었지. 무슨 일이 일어났는지 친구가 짐작했다는 생각에 마음이 갈기갈기 찢어졌어. 내 얼굴에 어떤 표정이 그려졌는지 알 수가 없었어. 그애가 정말 그 말을 했는지 아니면 내 상상의 결실이었는지도 몰랐고……

무심결에 튀어나온 말이었을까, 아니면 미제나가 그렇게 들었던 걸까? 평범한 가면을 쓴 끔찍한 말일까, 아니면 그 반대일까? 아냐, 이건 잘못의 문제가 아니야…… 흔히들 말하잖아. 나 대신 그 사람을 안아주라고…… 교회에서 말하는 용서…… 어리석은 말…… 배신…… 넌 나의 유일한 친구였어…… 이건 백 번을 말해도 부족할 거야…… 네가 그랬다면, 넌 정말이지 헌신적인 친구야……

말은 횡설수설이었지만 그녀의 눈은 아주 달랐어. 투명하고 탐색하는 듯 집요했지.

난 아무 대답도 하지 않고 서둘러 친구를 끌어안았어. 그걸로 충분했어. 눈물도 그 무엇도 필요 없었지. 그앤 이미 이해하고 있었으니까.

미제나는 일어날 일이 일어나길 기다렸다. 린다는 한층 더 창백해 보였다. 그녀의 눈 속에는 과거의 무언가가 남아 있었다. 유일한 희망이었다.

그때 갑자기 그애가 내 포옹에 응했어. '천상의 평화'라고 부를 만한 그 느낌을 평생 다시는 받지 못할 것 같아……

몇 년 전 그녀는 꿈을 꾸며 공원의 노루들 틈에서 그런 기분을 경험한 적이 있었지만 그땐 아주 짧았다.

이 평화가 조금만 더 지속되게 해주세요. 그녀는 기도했다. 조금만 더요, 주님!

기도가 통했는지 평화는 꽤 길게 이어졌다. 린다는 목소리도 편안했을 뿐 아니라 미제나에게 건네는 말도 다정하게 느껴졌다. 갈피 없는 말은 여전했지만 이제 미제나는 그 의미를 파악했다. 네가 자책할 건 없어. 닥칠 수 있는 일인걸. 그건 배신이 아니야. 넌 오랫동안 마음을 나눈 내 친구잖아. 나를 위해 얼마나 많은 걸 해주었는데. 이번에도 날 위하다가 그렇게 된 거잖아. 흔히들 그러지. 나 대신 그 사람을 좀 안아주라고. 여긴 교회가 아니잖아. 나한테 용서를 구할 건 없어. 내 말 듣고 있어, 친구야?

이 부드러운 속삭임을 들으며 미제나는 눈을 감고 싶은 욕구를 느꼈다. 탱고 운율이 그보다 더 어울릴 수 없었다. 몇몇 호기심 어린 눈길이 두 사람을 지켜보고 있었다. 미제나는 그 시선을 살짝 의식했다가 이내 잊었다.

그리고 제발 부탁이야. 용서해달라는 소리는 더 듣고 싶지 않아. 정말이야. 그 일이 일어나서 기쁘다고는 하지 않겠어. 그래도 내 말을 믿어야 해. 난 그런 일이 일어나리라고 거의 확신했어. 왜냐하면…… 내가 무덤까지 가져가려고 했던 얘길 너한테 털어놓을게. 고백하자면…… 난 이 일이 일어나길 바랐어…… 숨기지 않겠어. 그걸 상상하면 질투가 났지. 그러면서도, 완전히 설명하긴 힘들지만 마음속으로 바랐어. 그 길이 단 한 번의 유일한 기회였으니까…… 나의 무언가가…… 건너편에 다다를 기회 말이야.

어떤 면에서는 나 역시 막연하지만 같은 걸 느꼈다고 린다에게 말할 뻔했지. 그뿐만이 아니야. 루디안 당신도 뭔가 비일상적인 것을 느꼈다고 말할 뻔했어. 어떤 유령의 존재를 짐작하는 사람처럼 말이야. 당신이 격분해서 내게 소리질렀던 일을 그애에게 얘기하고 싶었어. 대체 왜 우는 거야? 그리고 우리의 말다툼을, 스파이가 아니냐며 당신이 날 의심한 것까지 말이야.

이 모든 것 가운데 마지막 비난만 린다에게 전했어. 당신 설마 스파이는 아니겠지!

린다는 미제나의 입술에 손을 얹으며 웃으려고 했다. 꼭 이렇게 말하는 것 같았다. 쉿, 남은 얘기를 들려줄 시간은 앞으로 많을 거야.

들뜬 그녀를 보고 미제나는 겁이 덜컥 났다. 이게 무슨 뜻일까? 모든 걸 얘기할 시간을 어디서 찾는단 말이지? 전처럼 서로에게 마음을 털어놓을 시간이야말로 두 사람에게 부족한 것인데.

이런 말 대신에 미제나는 전혀 다른 이야기를 꺼냈다. 이 일이 널 아프게 했다면 나는 빠질게. 어쨌든 나는 우연히 끼어들게 된 것뿐이니까. 일종의 대리인으로서. 그 사람은 네 사람이야. 너의 왕자. 세상의 그 무엇도 두 사람을 떼어놓지 못할 거야.

린다의 눈빛이 흔들렸다. 순간 어두워지는가 싶더니 이내 수정처럼 투명해졌다.

린다가 대답했다. 내 말 들어봐. 이 소식이 자기를 무너뜨렸다는 생각은 머리에서 아예 지워버린 모양이었다. 오히려 그녀는 훨씬 가벼워진 느낌이었다. 그녀의 꿈 중 무언가가 이뤄졌다. 미제나 덕분에 더이상은 모든 것에서 단절되었다는 기분을 느끼지 않았다. 조금 전에 말했듯이, 그녀의 무언가가 빠져나갔다. 이젠 되돌릴 수 없는 무언가가. 그녀에게 소식을, 그에 관한 이야기를 전해주는 일도 두말할 것 없고……

  린다는 미소 짓고 있었지만 무언가 표현하길 망설이는 듯한 야릇한 미소였어. 그애가 마침내 말을 꺼냈어. 있잖아, 너 내가 완벽하다고 생각하진 마. 기억나? 네가 나한테 멍청이(우리끼리는 체육교사를 그렇게 불렀어)에 대해 얘기한 것 말이야. 모든 여자애들이 첫 경험 후에 그러듯이 넌 기분이 엉망진창이었지. 괜히 했다고 후회도 했고. 그래서 내가 말했잖아. 그러지 마. 멍청이들과 첫 경험을 하는 게 거의 모든 여자애들의 운명이니까. 넌 나한테 솔직했지. 나랑은 반대로 말이야. 그렇게 눈을 동그랗게 뜨고 쳐다보지 마!

  그앤 그렇게 눈을 동그랗게 뜨고 볼 것 없다는 말을 두 번이나 했고, 유방촬영사건(우리는 "그 유명한 유방촬영"이라고 불렀지)이 진행되던 와중에 어느 오후 배구게임을 하기 전에 체육관 탈의실에서 멍청이에게 더없이 확실한 신호를 보냈다고 얘기하더라고.

다른 상황이었더라면 미제나는 아마 초조해하며 물었을 것이다. 그래서? 그러나 이날 저녁은 그렇지 않았다. 미제나는 그 얘기를 더 듣고 싶지 않는다는 걸 문득 깨달았다. 두 사람 다 솔직하지 못했다는 사실이 어느 정도는 위로가 되었다. 그런데 이제 균형이 다시 무너져 거짓이 또다시 그녀 쪽으로 쏠리게 된 것이다.

놀랍게도 린다는 이야기를 이어가지 않았다. 어쩌면 더 이야기할 게 없었는지도 모른다. 신호가 신호로만 그쳤거나 아니면 상대가 더 알고 싶어하지 않는다는 걸 느꼈는지도 몰랐다.

두 여자 모두 웃었다. 대상 없는 발작적인 웃음이었다. 그러다 린다의 눈길이 다시 투명해졌다. 그녀는 운명에 대해 뭐라고 말했고, 마음이 뒤숭숭한 미제나는 알아듣지 못했다. 그들이 같은 남자들을 공유하도록 내몬 건 운명의 뜻이었다는 이야기였다. 처음엔 멍청이 같은 평범한 부류의 남자를, 그다음엔 좀더 나은 부류의 극작가를.

이상하지 않아? 린다는 물었어. 그러더니 보이지 않는 손이 일부러 조작이라도 한 것처럼, 그것이 정말 이상한 일이라는 걸 내가 깨달았는지 확인이라도 하려는 듯 나를 잡고 흔들었지.

색소폰은 한 번 쉬었다가 다시 긴 탄식 같은 연주를 시작했다. 기다리던 시간이 다가왔다. 파티가 일탈의 징후를 보이기 쉬운 시간이었다. 청춘들을 바라보는 교장과 서기관의 눈길에 근심이 확연히 드러났다.

두 여자는 다시 한동안 말없이 춤을 추었다.

내가 그애의 호의를 착각하고 있는 게 아닌가 하는 의심이 불쑥불쑥 들었어. 그애의 평온이 거짓은 아닐까? 내 위로가 헛된 것은 아니었을까? 물에 빠진 여자가 밖으로 빠져나오려고 자기 머리카락을 움켜쥔 꼴은 아닐까?

린다가 마침내 다시 말문을 열었을 때 미제나는 소스라치게 놀랐다. 린다의 표정은 완전히 달라져 있었다. 그녀는 그때껏 한마디도 한 적 없는 무언가를 낮은 소리로 말하기 시작했다. 유배에 관한 이야기였다. 석 달 전, 그러니까 미제나가 루디안 스테파의 책을 가져다주기 일주일 전에 그들의 가족은 '서류'를 받았다. 그것이 유배조치의 시한이 만료되는 오 년마다 그들이 받게 될 결정에 붙은 우스꽝스러운 이름이라고 그녀는 설명했다. 서류 내용은 간결하고 무미건조했다. 당신들의 유배는 만료되었고, 다시 오 년 기한으로 연장되었습니다.

"오 년 기한." 이 용어에 익숙해지려는 듯 미제나가 따라 했다. 그녀로서는 이 용어가 조음되는 것을 처음 들었다. 꼭 '오 개년 계획'과 비슷하게 들렸다. '오 개년 계획'이 역동적이고 축제 분위기를 풍기는 만큼이나 '오 년 기한'은 죽음의 가면처럼 음산하고 적막하다는 점만 달랐다.

따라서 이날 학교에서 돌아온 린다는 집이 평소와 다른 정적에 빠져 있음을 감지했다. 부모님은 창가에 서 있었다. 어머니의 눈은 온통 눈물바람이었다. 그녀는 곧바로 상황을 알아차렸다. 오래전부터 기다려온 것이었기 때문이다. 그래도 그녀는 물었다. 왔어요? 어머니가 고개를 끄덕였다. 나쁜 결과예요? 그 질문은 할 필요가 없었다.

그녀는 아무 말 없이 아버지와 어머니를 끌어안았다. 길에서 공놀이를 하던 어린 남동생은 아직 돌아오지 않았다. 오 년 전, 그녀가 열세 살이었을 때도 거의 비슷했다. 다만 그때는 덜 고통스러웠다. 단지 느낌만 그랬던 걸까? 그 시절 동생은 겨우 다섯 살이어서 아무것도 알지 못했다. 이제 처음으로 동생에게 설명을 해야 한다. 그러고 나면 또 끝없이 긴 오 년이 이어질 것이다. 그 세월 동안 그들은 크리스마스나 신년에 모이면 소원을 서로에게 얘기하고 복 많이 받으라는 인사에 이런 말을 덧붙였다. 오, 주님, 좋은 '서류'를 허락해주세요!

미제나는 린다에게 말할 뻔했다. 제발 그만해! 그러나 그러지 못했다. 두세 번 어린 동생은 물었다. '서류'가 대체 뭐야? 좋은 소식이 담겼는지 나쁜 소식이 담겼는지 모르는 봉투라고 대답했다. 개봉해야만 알 수 있는 것이라고…… 그것이 왜, 어디서 오느냐며 동생이 캐묻자 그들은 티라나에서 온다고 말했다. 그리고 아무에게도 그 얘기를 하지 말라는 당부도 잊지 않았다. '서류'의 내용은 비밀이라서 그걸 말하면 영원히 마법이 깨질 수 있기 때문이라고 말이다.

춤은 계속되었다. 같은 음악의 색조가 기쁨이나 슬픔을 얼마나 증폭시킬 수 있는지 그때껏 그녀는 알지 못했다. 두 사람 옆에서 사람들은 목젖을 내보이며 웃는가 하면 서로 밀치고 혀를 차며 장난을 쳤다. 낮은 목소리로 린다는 그 슬픈 날 무슨 생각을 했는지 이야기하려고 애썼다. 그 시절 린다는 열여덟 살이었다. 다음 '서류'는 그녀가 스물세 살이 되면 올 터였다. 그다음은 스물여덟. 그리고 두 번 '서류'를 더 받으면 서른여덟, 그리고 마흔셋. 아냐, 그후에는 더 살고 싶지 않을 거야. 고마워, 프롤레타리아독재, 난 네가 얼마나 선하고 올바르고 완벽한지 알아. 학교에서 우리 머리에 그렇게 주입했으니까. 그렇지만 난 너무 지쳤어…… 이런 삶을 더는 못 살겠어.

두 여자 곁에서 사람들은 여전히 웃고 떠들었다. 남학생들과 여학생들의 목소리가 뒤섞여 유난히 견디기 힘든 소란을 낳았다.

이해하겠니? 난 단 하루도 자유를 경험하지 못할 거야. 린다가 그녀에게 말했다. 이게 어떤 의미인지 상상이 가니? 단 하루도 자유를 경험하지 못한다는 것 말이야…… 어디에도 아무 희망을 걸지 못한다는 것…… 어디에 기대야 할지 몰라서 난 암에

다 마지막 희망을 걸었어······ 암이 도와주길 기대했어······ 그런데 암마저도 날 거부했어······

미제나는 울음을 터뜨리지 않으려고 애써 참았다. 친구를 대신해 한 번이라도 '오 년 기한'을 견뎌보겠다 하고 싶었지만 말을 할 상태가 아니었다.

색소폰 음색이 면도날이 되어 모든 걸 갈기갈기 찢어놓았다.

유배를 대신하고 싶다는 말을 전하는 대신 왠지 모르게, 아마도 친구를 위로하기 위해서였는지 미제나는 절대 말하지 않겠다고 다짐한 것을 린다에게 털어놓았다. 말하지 않겠다고 아버지에게 약속한 그 비밀이란, 신임받는 간부들에게만 제공되는 기밀 회보에서 읽을 수 있는 무시무시한 비밀 중 하나로, 어느 날 왠지 모르지만 아버지가 딸에게 얘기해준 것이었다. 그 회보에는 국가의 적들이 한 말이 실려 있었는데, 알바니아는 감옥과 유배지에만 자유가 없는 게 아니라 다른 곳도 마찬가지라고, 티라나에도 자유는 전혀 없으며 다른 곳도······ 그 어디에도 자유는 없다는 내용이었다······ 이건 적들이 하는 말이었다, 물론.

한동안 린다는 아무 반응을 보이지 않았다. 그러더니 잠시 후 같은 말을 되뇌었다. 물론······ 모든 건 관점의 문제야······ 다시 말해 감옥에 구속된 죄수에게는 나처럼 거주지를 지정당한 사람들이 자유로워 보일 테지. 다시 말해 별것도 아닌 일로 앓는 소리를 하는 것처럼 보일 거야. 자기 작품에 가해진 검열에 대해 투덜거리는 루디안에게 나도 같은 말을 할 수 있어. 이런 식이지. 그래, 이건 우리가 이미 얘기한 적 있는 우주의 역사만큼이나 복잡한 문제야. 어쨌든 우리 이해를 벗어나는 무한한 공간과 시간처럼 말이야.

그앤 '서류'가 도착한 이후의 잊지 못할 한 주에 대해 다시 얘기했어. 우리 가족은 모두 마비된 것 같았지. 넌 티라나에 있었고, 난 네가 돌아오기만 초조하게 기다렸어. 네가 그토록 보고 싶었던 적이 없었지. 그런데 마치 그걸 느끼기라도 한 것처럼 네가 오면서 그 기적을 가져다주었지 뭐야. 그 사람의 책 말이야.

그 책이 린다를 살려놓았다는 얘기도 사실을 표현하기에는 너무나 부족한 말이었다. 그녀는 수십 번, 수백 번 책을 펼쳐서 헌사를 다시 읽곤 했다. '린다 B에게, 저자의 추억을 담아.'

미제나도 린다만큼이나 그 사실을 잘 알았다. 린다가 극작가를 맹목적으로 추종하고 반하다시피 한 것은 책에 완전히 매료되었기 때문이었다. 그걸로 모든 게 사라졌다. 유배며 숙명적인 '서류'까지. 그녀는 부끄러울 정도로 줄곧 그 사람만 생각했다. 그 사람에게 문제가 생겼고, 그 사람의 작품이 검열당할 위험에 처했다고 네가 알려줬을 때 난 완전히 죽을 지경이었어. 난 그 사람 곁에서 그의 어깨에 내 머리를 얹고 그를 위로하는 꿈을 꿨어. 내 사랑, 괴로워하지 마요, 곧 해결될 거예요.

미제나는 눈물을 참기가 힘들었다. 이 모든 것을 대리인인 자신이 겪었어야 했는지도 모른다. 하지만 린다의 말에는 비난의 기미가 전혀 없었다. 앞서 말한 모든 것이 지워진 것처럼 보일 정도였다.

오케스트라가 갑자기 연주를 멈추자 모두가 무슨 일인지 보려고 고개를 돌렸다. 몇몇 화가 난 목소리가 들렸다. 이런 파티에서 꼭 있기 마련인, 남학생들 사이에 흔히 벌어지는 다툼 때문인 모양이었다. 오래 기다릴 건 없었다. 오케스트라는 다시 연주를 시작했고, 떨어졌던 춤꾼들도 다시 붙어섰다. 개중 일부는 그사이 화장실을 향해 황급히 달려갔다. 아무 생각 없이 미제나와 린다도 화장실로 갔다. 조심성 없는 눈길들이 그들을 따르는 듯하다가 어딘가에서 물러났다. 화장실 문이 끊임없이 열리고 닫혔다. 남학생 몇이 반쯤 숨어 담배를 피우고 있었다. 여기저기 커플의 형체도 보였다. 조금 더 가서 린다가 화학실험실이 열려 있는 걸 발견하고 놀라 문을 밀었다. 두 사람은 무심코 그곳으로 들어가 유리병과 시험관이 가득한 긴 수납장들 틈에 섰다. 희미한 불빛이 그들이 잘 아는 병들의 이름표를 비추었다. 중탄산칼륨. 시험 때문에, 그리고 질투에 사로잡혀 3학년 B반 여학생의 얼굴을 황산으로 녹여버리겠다고 내뱉은 누군가의 불만 가득

한 선언 때문에 기억에 아로새겨진 적대적인 두 산酸, 황산과 염산도 있었다. 저쪽엔 다른 세계에서 온 물질인 양 냉동 유리병에 담긴 독극물이 줄지어 있었다. 분명히 열쇠로 잠겨 있을 터였다. 독극물이 많기도 하네…… 린다가 중얼거렸다.

그들이 있는 곳까지는 음악이 거의 들리지 않았다. 색소폰만 간간이 끈적한 울음을 들려주었다. 길어지는 침묵을 견디기 힘들었다. 미제나는 유배 이야기가 다시 시작되지 않기를 바랐다. 린다만이 침묵을 깰 권리를 가진 것 같았다.

린다는 미제나의 얼굴 아래쪽에 눈길을 고정하고 있었다. 그러더니 마치 숨결처럼 가볍디가벼운 동작으로 그녀의 손가락이 미제나의 아랫입술을 스쳤다. 그리고 두 입술을.

이상해. 그녀는 혼잣말을 하듯 중얼거렸어. 그러더니 내 입술에 자기 입술을 갖다댔지. 야릇하고 차가운 입맞춤이었어. 그렇게 얼어붙은 듯이 우리 둘은 서로에게 미소를 지었고 곧 린다가 물었어. 둘이서 더 멀리까지 갔어?

난 뭐라 대답해야 할지 몰랐어. 마음이 편치 않았다는 말로는 부족했지. 견디기 힘들었어.

대답을 머뭇거리다간 파탄이 났을 거야. 하지만 사실을 말해도 그랬겠지. 명확히 표현되진 않았지만 이 두 사실을 난 감전이라도 된 듯 확실하게 느꼈어. 당장 대답해야만 했지. 동시에 무슨 수를 써서라도 진실은 감춰야 했고.

난 '아니'라는 뜻으로 고개를 저었어. 그애의 눈을 피하지 않고서. 그것만이 내가 해야 할 일이라고 믿고서 말이야.

난 말했어. 아니, 그 사람은 내 가슴만 만졌어.

내가 그 이상 이야기나 할 수 있었을지 모르겠어. 그앤 더이상 묻지 않았지. 그러더니 가느다란 손가락으로 자기 블라우스 단추를 풀면서 다른 한 손으로는 내 블라우스를 더듬기 시작했어. 가슴에 아무런 열등감이 없는 여자들 사이에 번진 최근 유행을 따라 그애도 나도 브래지어를 하고 있지 않았지. 린다는 "그 사람처럼 해봐"라고 속삭이더니 내 손을 자기 가슴에 가져갔어. 눈을 반쯤 감고 굳어 있었지.

그애도 나도 레즈비언 성향은 없었어. 이건 그런 것과 전혀 다른 문제였지.

미제나는 나중에 몇 시간이고, 며칠이고 이 순간을 곰곰이 생각했지만 그 행위를 무엇이라 규정해내지 못했다. 그것은 동성애보다 훨씬 근원으로 거슬러올라가는 것이었다. 훨씬 덜 알려졌고, 분명히 훨씬 더 금지된 것이었다. 그것엔 이름도 없었다. 그것뿐 아니라 두 여자 사이에서 벌어진 그 어떤 일도 뭐라고 명명할 수 없었다. 바로 그 순간에 일어난 일은 더더욱. 두 사람은 가까운 만큼 멀었다. 서로…… 어루만지며…… 매개애무를 행하는 두 여자. 두 여자 사이에는 영혼 없고 무심한, 얼어붙은 벌판이 있었다. 그가 말했듯이 미제나가 죽음의 전령이었다면 린다는 무엇이었을까? 사랑의 의식을 수행하기 위해 멀리 그녀의 몸을 보낸 여자, 그러지 않고는 안식을 얻지 못하는 여자? 대개는 정반대의 일이 벌어진다. 족쇄를 벗는 건 영혼이고, 몸은 인질로 붙들린 곳에 남아 있다. 이번에 벌어진 것은 듣도 보도 못한 일이었다. 육신이 영혼의 능력을 가지려 들었다…… 아니, 몸이 없어서 그 대역을, 대리인을…… 가장 친한 친구의 몸을 말이다……

갑자기 낯선 곳으로 문이 열린 것처럼 얼음장 같은 한기가 그들을 엄습했다. 두 사람은 이 세상의 법칙을 벗어나 있었다. 따라서 일어난 일은 세상의 그 무엇에도 비교할 수가 없었다. 이 일은 말하자면 20세기 말 알바니아의 외진 시골에서 두 여자, 사회주의의 두 학생이 완수해낼 운명이었다……

이야기의 이 대목에서 두번째로, 그럼에도 먼젓번보다 훨씬 더 견디기 힘든 공허감에 사로잡힌 채 루디안 스테파는 육중한 돌이 가슴을 짓누르는 듯한 느낌을 받았다. 그는 생각했다. 돌았군! 구제불능의 개자식! 그가 글로 쓸 수 있었던 모든 것도 이것 없이는 아무짝에도 소용없으리라.

그는 숨을 죽였다. 미제나가 입을 열기도 전에 자신이 짐작한,

지극히 미약한 속삭임을 동반한 가녀린 마찰음을 포착할 유일한 방법이라도 되는 듯이 숨을 죽였다.

그랬다. 속삭임을 동반한 문소리, 그리고 숨죽인 날카로운 목소리, 그리고 어쩌면 피를 얼어붙게 만들 웃음이 있었다.

겁에 질린 린다가 가슴을 가렸고, 오른쪽 왼쪽으로 고개를 돌렸다.

미제나가 중얼거렸다. 그냥 기분 탓일 거야. 하지만 그 무엇도 공포가 낳은 떨림을 멈출 수는 없었다.

두 사람은 복도로 나가 겁에 질린 얼굴로 음악이 들려오는 곳으로 향했다. 복도엔 아무도 없었다. 미제나는 틀림없이 그냥 기분 탓이었을 거라고 거듭 말했다.

파티의 친근한 웅성거림이 가까워졌다. 화장실 문은 아까처럼 계속해서 열리고 닫혔다. 담배 피우는 남학생 중 몇몇은 눈에 잔뜩 힘을 준 채 맥주캔을 들고 있었다. 구세주 같은 소란은 이제 절정에 달한 듯했다.

두 사람은 무리에 섞여들기를 바라며 안으로 들어갔다. 무대 위의 커플들 사이로 길을 트면서 한 사람은 앞서고 한 사람은 뒤따르며 덜 노출된 구석을 찾아 나아갔다. 그들은 아무 일도 없었던 것처럼 행동하려 애썼지만 눈길을 마주칠 때마다 당황했다. 입 가벼운 몇몇 사람이 무언가를 속닥이자 모두가 웃음을 터뜨리며 멈춰섰다. 학생주임의 눈길은 얼음장처럼 차가웠다. 시인 사포*의 이름이 어딘가에서 튀어나왔고, 곧 "모더니즘"이라는 말이 뒤따랐다. 모르는 척해봤자 소용없었다. 돌이킬 수 없는 일은 이미 저질러진 뒤였다. 어떻게 된 걸까? 누가 그들을 보았으며 어떻게 소문이 이렇게 빨리 퍼졌을까? 모든 걸 집어삼킨 듯 보이는, 아무 말도 듣지 못하게 만드는 이 소음, 마지막 춤을 위해 전력을 다하는 오케스트라의 광적인 연주와 색소폰의 울부짖음에서 두 사람의 은밀한 속삭임만이 고스란히 빠져나온 것이다.

어떻게 가능했을까? 그것이 어디서 뚫고 나올 힘을 찾았을까?

이런 의문들이 이후 수없이 떠올랐지만 그 순간 미제나는 그곳에서 벗어날 방법만 생각했다. 침착함을 잃는 법이 거의 없는 린다조차 무너진 것 같았다. 먼저 말을 꺼낸 건 린다였다. 가자. 그러더니 다시 생각을 고쳐 말했다. 아니, 차라리 남아 있는 게 낫겠어.

그들의 공포가 과장된 것일지 모른다는 마지막 희망은 4학년 B반 플로라 둘라쿠의 말과 함께 사라졌다. 너희 둘, 잘도 숨겨왔구나. 그러자 그녀의 파트너가 말했다. 내버려둬. 세상에는 별의별 인간이 다 필요하잖아. 오른쪽에서 누군가 덧붙였다. 새로운

---

* 고대 그리스의 시인으로, 레즈비언의 아이콘과 같은 인물.

경험도 필요하지…… 쓰레기 같은 자식들! 미제나가 눈물을 참지 못하고 내뱉었다.

그들에게는 절망적이게도 파티가 끝나버렸다. 색소폰은 뒤로 넘어갈 듯 마지막 울음을 던졌다. 그러곤 모든 게 끝났다.

고함소리며 작별의 포옹, 눈물에서 이미 배제된 두 사람은 사냥개 무리에 쫓기며 겁에 질린 사슴처럼 출구를 향해 달려갔다. 더 나쁜 일이 그곳에서 기다리고 있을 줄 짐작도 못한 채.

한 남학생이 날카롭게 휘파람을 불며 두 사람의 머리에 담배 연기를 내뿜었고, 또다른 남학생은 퇴폐적인 년들! 레즈비언년들! 하고 외치며 그들을 따라왔다. 그리고 조금 더 멀리에선 "세상에는 별의별 인간이 다 필요하잖아"라던 아까의 목소리가 안갯속에서 솟아난 듯 이번에는 조롱조의 노래로 공격해왔다.

난 끝까지 갈 테야
저런 유방을 위해서라면……

다른 남자는 어이, 블렌디, 블렌디를 외치며 이어 불렀다.

……그걸 맛보는 운좋은 여자에겐
죽음조차 존재하지 않지……

그러곤 다시 고함쳤다. 어이, 블렌디, 어이, 어때, 괜찮았어? 가사 바뀐 것 알아차렸어? 그걸 맛보는 운좋은 남자 대신에 여자로 바꿨는데. 이 할일 없는 레즈비언들아!

휘파람은 점점 더 공격적으로 변했다. 마치 매복이라도 한 것처럼 어떻게 저렇게 멀리 가 있었을까? 어둠은 점점 더 짙어졌고, 어둠을 뚫고 튀어나오는 휘파람도 점점 더 무차별해지고 잔인해졌다. 린다, 저리로 가자. 아냐, 내가 널 데려다줄게…… 아냐, 나 혼자 갈래…… 얼른 가…… 아냐……

이렇게 두 사람은 합의를 보지 못한 채 헤어졌다. 그후 그앨 다시 못 보게 될 줄은 몰랐어.

끝까지 듣기도 전에 루디안 스테파는 이 작은 시골마을에서 일어난 일을 알 수 있었다. 축축한 이른 새벽 미제나가 수도를 향해 멀어져가는 버스에 올라타 있을 때 이미 회의가 시작되었다. 당 위원회에서는 물론 내무안보부에서도, 고등학교에서도, 동네에서도. 계급의 적은 땅에 쓰러지고도 여전히 끈질겼다. 파괴공작과 음모에서 실패하자 이제 다른 수단으로 목적에 도달하려고 시도했다. 타락으로. 음행으로.

이틀 동안 린다는 집밖으로 나오지 않았다. 물은 이미 엎질러진 상태였다. 작은 마을에서 농사에 흔히 쓰는 독극물을 손에 넣기란 그다지 어렵지 않았다.

린다의 부모는 아침에 새하얗게 변한 딸을 발견했다. 그녀가 무언가를 쓰려 한 모양이었지만 종이는 백지로 남아 있었다.

그날 당장 린다는 영구차가 고장났을 때 대신하는 도로공사용 수레에 실려가 땅에 묻혔다. 뚜껑 없이 시트로 시신을 덮은 관에 서 밤색 머리카락 한 가닥이 빠져나와 관이 요동칠 때마다 흔들 렸다. 부모와 어린 동생 외에 도로공사 인부 한 사람이 뒤를 따 랐고, 외투 깃을 세우고 챙모자를 쓴 차림으로 몇 발짝 떨어져 따르는 낯선 사람까지가 장례행렬의 전부였다.

남들의 시선을 피하고자 했던 검은 외투 차림의 이 남자는 며 칠 내내 사람들이 이 사건을 얘기할 때마다 쑥덕공론의 도마에 올랐다. 내무부의 누군가라고 의심하는 게 당연하다는 의견이 대부분이었지만, 익명으로 남고 싶어한 그 남자가 체육교사였다 고 신중하게 목소리를 낮춰 말하는 이들도 있었다.

13장

이 주 후,
루디안 스테파의 아침.

기상시간은 그가 예상한 시간과 거의 비슷했다. 열한시경. 좋은 징조 같았다. 반대의 경우를 그는 좋아하지 않았다. 아침 다섯시 삼십분이라고 생각했는데 이미 열두시가 다 된 그런 경우말이다. 그런데도 그는 가장 진부한 해방의 말, 온 인류가 함부로 지껄이는 욕설을 내뱉으며 투덜거렸다. 꿈이 행복을 가져다준다는 말은 괜한 소리가 아니었다.

그는 긴 트림을 연거푸 토해내며 욕실에서 나왔다. 트림 도중에 감기나 오한과는 무관한 당당하고 세찬 재채기가 튀어나와

온 아파트에 쩌렁쩌렁 울렸다.

전날부터 어지럽게 흩어진 종이더미에 뒤덮여 보이지도 않는 작업탁자로 마지못해 발걸음이 향했다. 그는 거의 어린아이 같은 호기심을 품고 그 위로 몸을 숙였다. 밤새 절로 완성되어 있기라도 기대한 듯이.

그가 발견한 것은 그다지 유쾌한 그림이 못 됐다. 가차없이 삭제한 행 때문에 원고는 시커메졌고, 살아남은 행은 학살된 행 사이로 부끄러운 듯 구불구불 이어져 있었다. 깊은 한숨과 함께 좋았던 기분은 급히 추락했다. 이런, 하고 내뱉으며 그는 다른 욕설을 어렵사리 삼켰다. 얼마 전부터 원고에 쓰지 않으려고 애쓰는 욕설이었다.

그의 눈은 이미 읽기 시작했다. 제1막. 제1장. 구리 농축 공장 창고. 자루들, 광물 수레차. 작업반장 슈펜드와 조수가 수레차를 조작한다. 헝가리인 숙련공이 들어온다. 그가 인사한다: 안녕하시오, 동지들! 슈펜드와 조수가 한목소리로 말한다: 안녕하세요, 임레 동지! 숙련공: 날씨 좋습니다, 안 그래요? 슈펜드와 조수: 네, 아주 좋습니다.

루디안 스테파는 피할 길 없는 욕설을 결국 내뱉으며 손으로 원고를 구겨버렸다. 울고 싶은 심정이었다.

일주일 전, 정신과의사의 충고에 따라 그는 신경쇠약을 피하기 위해 새 작품을 시작하기로 결심했다. 전에 끼적여놓았던 원고 뭉치에서 옛날에 쓴 주제 하나를 보게 되었는데, 문득 그것이 흥미롭게 느껴졌다. 수출용 구리 공장의 광석 틈에서 금의 흔적이 발견된다는 얘기였다.

시놉시스는 보잘것없을 뿐 아니라 아주 막연해 보였다. 문장들도 잘 이어지지 않았다. "구리 속 황금?" 다음에 "이상해"라는 말이 두 번이나 이어졌다. 그리고 수레차는 실어나르는 내용물과 상관없이 하나같이 시커멓고 지루했다. 그다음에는 이해하기 힘든 문장들이 이어졌다. 무언가를 감추고 싶어하는 것 같은 문장들이었다. 구매국가는? 사실 이 경우에는 하나가 아니라 두 국가가 있었다. 그중 하나는 공산진영의 국가로 금이 있다는 사실을 알리지 않았다. 즉, 사기를 쳤다. 다른 국가는 그것을 밝혔다. 자칭 정직한 국가다. 어디지? 그 이름은 잊어버려. 중요한 건 철도를 따라가는 화물차니까. 시커먼 화물차가 끝없이 이어진다. 그 틈 어딘가에서 금이 비밀스레 번쩍인다.

시놉시스는 갑작스레 끝나버리는 것 같았다. 그는 스스로에게 욕설을 내뱉을 뻔했지만 자신이 대개 그렇게 끝나는 결말을 좋아했다는 사실이 기억났다. 이렇게 간략하고 반쯤 어둡고 수수께끼 같은 형태라야 시간이 흘러도 여전히 빛을 발할 수 있다고 그는 믿었던 것이다.

옛날에 휘갈겨 쓴 글씨를 보는 순간 그는 자신의 뇌라는 기계 장치에서 첫 불꽃이 튀는 걸 느꼈다. 그러더니 또다른 불꽃이 튀었다. 구리 속 황금. 시커먼 광석 틈에 억눌린 희미한 빛. 어디선가 발견된 비밀 메시지. 지평선 너머.

자기 내부에 숨겨진 기계장치가 작동하는 모습이 보이는 것만 같았다. 하지만 작동소리는 미약했고, 불꽃은 금세라도 꺼질 듯했다. 아니, 거의 꺼진 듯싶었다. 안 돼! 그는 외칠 뻔했다. 너희들마저 날 버리는 거야?

이제 그는 그 불꽃들 없이 나아가려 애쓰고 있었다. 문제는 금의 존재를 밝힌 것으로 간주되는 국가였다. 두번째 구매국가. 어떤 경우든 그건 옛 국가일 수 없었다. 옛 국가의 이름은 잊어버려. 원고들이 말했다. 사회주의진영과는 불화 이후로 모든 조약이 파기되었다. 그렇다고 금의 존재를 발견한 국가, 다시 말해 정직한 새 구매국이 어쨌든 서방이 될 수는 없는 노릇이었다. 게다가 이젠 동맹국이 남아 있지 않은 처지였다. 중국에 이어 북한이 함정에 빠졌고, 쿠바의 연극 사절단 파견도 그저 이 나라와 화해하려는 시도였을 뿐인데 당연히 화해는 실패로 끝났다.

그에겐 한 국가가 필요했다. 빌어먹을! 주제에 맞는, 더 정확히 말하자면 그의 우울증에 도움을 줄 국가 말이다. 미제나와는 더이상 만나지 않았다. 두 사람이 합의하에 그런 결정을 내렸다.

적어도 얼마 동안은 그러기로. 전화기를 통해 마취과의사의 목소리를 듣는 일도 점점 드문드문해졌다.

한 국가…… 얼빠진 표정으로 그는 생각했다. 마르크스레닌주의 독일인이나 영국인이 금을 발견한다고 쓸 수는 없었다. 그렇다면 아프리카의 앙골라만 남는데, 두 나라의 외교관계는 공관에 들어온 두 마리 뱀에 알바니아 영사가 물린 사건 이후로 급격히 냉각된 터였다. 트로이 수장의 이야기와 마찬가지로 뱀은 하나의 핑계에 불과하며 진짜 이유는 따로 있다고 사람들은 수군거렸다.

그는 늘 실제보다 훨씬 넓어 보이는 소비에트연방 지도를 떠올렸다. 그 무한한 공허에서는 아무 느낌도 발산되지 않았다. 이젠 그 지도에 속하지 않는다는 만족감도 향수도 없었다.

걸음이 다시 그를 탁자로 이끌었다. 그는 구긴 종이를 쓰레기통에 던지고 백지 한 장을 꺼냈다. Bez sljoz, bez zhizni, bez ljubvi(눈물 없이, 삶 없이, 사랑 없이).* 푸시킨의 시는 냉동실에서 나온 것처럼 싸늘했다. 그는 다시 종이 위쪽에 적었다. 제1막, 제1장. 오른쪽 눈이 놀란 듯 손의 움직임을 탐색했다. 광물창고. 체코 숙련공이 들어온다. 노동에 영광 있으라, 동지! 알바니아 일

---

* 「나는 기적의 순간을 기억하네」의 한 구절.

꾼: 안녕하세요, 동지. 체코 숙련공: 아닙니다. 안녕하세요는 틀린 말입니다. 노동에 영광 있으라. 우리 프라하에서는 이제 이렇게 말합니다. 안녕하세요는 금지됐어요. 알바니아 일꾼: 아, 그래요?

루디안은 자기 몸속에서 마지막 불꽃이 꺼져가는 것이 느껴질 지경이었다. 아무것도 없어. 그가 생각했다. 광석뿐이야. 신과 마찬가지로 금도 어디에도 없어.

나한테 그런 짓만은 하지 말았어야지. 누구에게 하는 말인지 알지 못한 채 그가 생각했다. 그는 멍한 얼굴로 다시 일어섰다. 그러곤 어느새 버릇처럼 서가 모서리에 서 있었다. 문득 삼 주 전 운석 하나가 스콧 피츠제럴드와 지명학 책 사이에 정확히 떨어졌다는 느낌이 들었다. 게다가 지명학 책 페이지에는 이제 그 운석의 이름이 언급되어 있을 것이다. 벼락 맞은 며느리 바위. 아니면 그냥, 검은 바위.

얼른 깨닫지는 못했지만 충돌이 있었다. 그 얘기를 미제나는 아주 자연스럽게 했다. 당신이 저기 서가에서 나를 때렸을 때— 그녀를 따라서 그도 믿기 시작했다. 내가 그날 저녁 당신을 때렸을 때……

그는 다시는 그런 일이 없을 거라 맹세했다. 그러면서 피츠제럴드를 옮기려고 팔을 뻗었다. 그런 일이 다시 일어나더라도 적어도 피츠제럴드가 그 자리에 없도록.

내 동료 작가가 지켜보는 앞에서 내가 당신을 때렸을 때…… 짐승 같은 놈! 그는 혼잣말을 했다. 추문의 위험, 그녀가 할지 모를 고발, 받게 될지 모를 엑스레이 촬영 따윈 생각지도 않고 잘 알지 못하는 젊은 여자의 머리채를 잡고 흔들다니.

벌써 며칠째 그는 엑스레이에 가려진 이 세계를 떠돌고 있었다. 한쪽의 엑스레이가 없다면 다른 쪽 엑스레이라도 봐야 할 참이었다.

린다의 유방촬영 엑스레이를 찾으려 해봤자 소용없을 터였다. 병원에서는 가족이 가지고 있다고 말할 것이다. 가족은 가택수색 때 조사실에서 가져갔다고 말할 것이다. 그녀의 일기장과 몇 장뿐인 사진, 헌사가 적힌 책까지 모두 가져갔다고.

판사에게 구실을 대기란 분명 훨씬 더 까다로울 것이다. 감정적 이유 때문이 아니라고 그를 설득하기가 쉽지 않으리라. 그렇지만 정치적인 이유는 더더욱 아니었다. 그저 그의 글쓰기 작업과 관계된 일이었다. 아니, 더 멀리 보자면 건강과 관계된 문제였다. 그의 정신과의사 말에 따르면 다른 허튼소리도 그렇고 죄다 우울증에서 벗어나기 위한 구실이었다. 구리 광석 틈에 갇힌…… 유배된…… 금과 유방사진의 불가사의한 윤곽 사이를 가로지르는 비밀스러운 붉은 선에 대해서는 말하지 않는 편이 차라리 나았다. 그것은 모든 예술의 수수께끼가 그렇듯이 말로 표현할 수 없는 숨겨진 매듭이었다.

그는 아까처럼 불꽃이 곧 꺼지려는 걸 느끼고 그 찰나에 이마를 두드려봤지만, 무슨 짓을 해도 소용이 없었다.

그는 손을 뻗어 책들을 옆으로 밀고 무언가를 찾았다. 한동안 더듬다가 찾는 것이 거기가 아니라 고리키 전집 뒤에 있다는 걸 기억해냈다. 그의 눈길은 전쟁 전 시절의 베레타 소형 권총에 꽂혔다. 장교였던 사촌이 오래전에 준 것이었다. 매번 떠올릴 때마다 그것을 다른 장소에 감추는 게 좋겠다고 생각했지만 가택수색을 할 경우 어쨌든 발각될 터였고, 그래서 늘 꺼낸 자리에 다시 돌려놓곤 했다. 고리키의 작품 가운데 가장 낙천적인 6권과 7권 사이 어디쯤에.

자신이 무기를 응시하는 동안 냉소일지언정 미소를 지었는지 확신이 들지 않았다. 예전에도 종종 이런 일이 있었다. 늙는다는 생각을 할 때, 더 정확히 말하자면 죽기 좋은 순간을 생각할 때였다. 고등학교 문학동아리에서는 죽음에 대해 환상을 많이들 품었다. 시인을 영예롭게 하는 멋진 죽음은 서른 살이 되기 전에 일어나야 한다고 대개 생각했다. 그래서 레르몬토프가 그토록 숭배되었던 것이다. 문학적 가치만 고려한다면 푸시킨이 마땅히 그보다 위에 있어야 했지만 레르몬토프는 그것을 직감하고서 선

수를 쳤다. 십 년 어린 나이로 운명적 대결을 서둘렀던 것이다.[*]

정신을 놓고 있었네. 진심으로 웃기를 소망하며 그는 생각했다. 사실 그는 사람들이 서른을 넘기고 나면 신의 없이 레르몬토프에게 등을 돌리고 푸시킨에게 들러붙는다고 믿었었다. 이렇게들 말하는 것이다. 우리가 틀렸어. 어렸고 어리석었어. 그들 앞에는 셰익스피어의 음산한 사십대가 어둡게 펼쳐져 있었고, 더 멀리엔 차가운 샹들리에가 늘어선 영광의 고독이, 그리고 여기저기 죽음이 낳은 듯 냉담한 여자들이 있었다.

그래, 다시 책상에 앉은 그는 백지 앞에서 겁에 질려 생각했다. 당신한텐 불량배 같은 면이 있어…… 온갖 조심성을 휘감은 말—미안한데 당신한테 이런 말을 해도 될까, 비난하려는 게 아니라 호의에서 하는 말이야 등등—을 미제나는 처음 사랑을 나눈 뒤 그에게 쏟아냈다. 그는 그녀의 입에 손을 댔다. 그녀가 '미안'이라는 말을 반복하지 못하도록. 그러곤 이런 말로 그녀를 안심시켰다. 알아, 어쩌면 이게 내게 남은 젊음의 전부인지도 몰라.

제1막. 제2장. 광물 창고. 이방인 숙련공이 들어온다. 폴란드인 혹은 몽골인 숙련공이 무대에 들어서기에 앞서 한 등장인물

---

[*] 푸시킨과 레르몬토프는 각각 서른일곱, 스물일곱의 나이로 연적과의 결투에서 총상을 입고 사망했다.

이 흥얼거리는 노래가 나올 때까지 원고는 견디기 힘들 만큼 지루했다. 이 작품에 대한 생각이 머릿속에 떠오르자마자 그는 곧바로 그 노래의 가사를 써내려갔었다. 손이 종이를 뒤적이기 시작했다. 최근에 무언가를 찾을 때 자주 그랬듯이 원고를 잃어버렸다는 생각이 엄습하자 관자놀이에서 피가 펄떡였다. 원고를 잃어버렸다는 두려움에 이번에는 다른 깊은 의심이 뒤섞여 그는 화들짝 놀랐다. 그 노래 가사를 정말 썼던가, 아니면 그냥 썼다는 느낌뿐일까?

마침내 찾아냈다. 제목은 붙어 있지 않았다. 그저 노래라고 적혀 있을 뿐이었다. 그는 마음이 가라앉도록 기다린 뒤 다시 읽었다.

당신이 죽음에서 돌아와

아무데서 날 찾지 못하더라도

절대 놀라지 말아요

내가 아직 여기 없더라도

질문도 눈물도 던지지 말아요

난 다른 죽음에 있을 테니……

그는 이 가사를 지었던 아침을 완벽하게 떠올릴 수 있었다. '난 다른 죽음에 있을 테니'라는 말을 쓰고 나서 그는 외치고 싶었다. "천재적이야!" 새로운 무언가를 지어냈다는 확신이 들었다. 백 년이나 이백 년쯤 지나야 볼 수 있을 법한 무언가를. 다른 종류의 죽음을. 신대륙의 발견과 죽음의 정수 또는 죽음의 새로운 체계 사이의 무언가를. 하지만 희열은 짧았다. 단테의 세 공간, 부재의 절대자가 피신한 세 공간이 기억에 떠오르자마자 열광은 식어버렸다. 극작품의 연이은 막과 장을 견인해야 할 모터도 불꽃과 더불어 꺼졌다. 차가운 광석을 가득 실은 화물차, 무엇도 꺼낼 수 없는 화물차만 여전히 시커멓게 남아 있었다.

화물차가 줄지어 달렸다. 열세번째 화물차 뒤로 열네번째 화물차가 달려갔다. 칙칙폭폭, 시대에 뒤진 오 개년 계획, 제4회 총회, 다섯번째 회기의 공약들과 함께 칙칙폭폭. 뱃속에 흐릿한 황금의 불꽃을 품고서.

바깥은 음산한 날이었다. 길에서 택시 한 대가 짐짓 바쁜 척 황급히 달려갔다.

검은 광석…… 자장가를 부를 때처럼 음절을 끌며 그가 말했다. 잘 자라, 잘 자라, 광석 아가, 검은 광석 아가……

철로 위를 화물차들이 달렸다. 저들이 가슴에 무엇을 품고 있는지는 아무도 알지 못했다. 아파, 아파…… 만약 어머니가 날 찾으면…… 그의 온몸은 검은 크롬으로 뒤덮여 있었다……

새벽에 두번째 발륨*은 먹지 말았어야 했어. 아마도 그것이 그를 무릎 꿇게 만든 모양이었다.

진노의 날, 두번째 발륨Valium secundus, en dies irae. 화물차들이 뒤를 이어 달렸다. 끔찍한 저주의 석 달Horribilis trimestris maledictus, 칙칙, 그리고 너를 위한 진혼곡.

그만! 그는 소리를 지른 듯한 느낌이 들었다. 이렇게 고집할 필요는 없어. 죽은 언어가 무대에 등장할 경우 백이면 백 소식이 왔다. 다시는 글을 쓰지 말라는 소식. 영영. 심판관이 오실 때 Quando judex est venturus. 그만! 절필의 가면을 쓴 자살. 이따위 판결은 그에게 중요치 않았다. 추락. 허무.

그는 일어나 소파를 향해 갔고 팔걸이에 머리를 기댔다. 밤새 꾸었던 불완전한 꿈이 다시 형체를 갖추려는 듯했다. 낮 동안엔 이런 일이 거의 없었다. 그는 밤에 갔던 같은 호텔을 향해 갔다. 길은 달라 보였다. 드리니호텔이라는 팻말이 그게 그 호텔임을 입증했다. 린다는 3층 307호라고 그에게 일러주었다. 프런트 직원이 문제삼으면 병원에서 나왔다고 해요.

프런트 직원은 지쳐 보였다. 3층 307호, 라고 루디안이 말했

---

* 진정제.

다. 종양과에서 오셨습니까? 상대가 물었다. 루디안은 고개를 끄덕였다. '루디안 스테파의 추억'이라고 헌사를 쓴 책을 준비해왔지만 필요 없어 보였다.

린다는 흰 잠옷 바람으로 서서 그를 기다리고 있었다. 그가 상상한 것보다 훨씬 더 아름다웠다. 두 사람은 아무 말 없이 포옹했고, 그러는 사이 그녀의 손이 그의 손을 잡아 자기 가슴에 올렸다. 그는 케르베로스를 잠재운 말을 그녀에게 반복하지 못했다. 겁내지 말아요. 그녀가 그를 침대로 이끌었다. 난 이제 처음이 아니니까요.

그의 눈길에 어떤 놀라움이 그려졌던 모양이다. 그녀가 곧 이렇게 덧붙인 걸 보면. 그게 내가 미제나에게 숨긴 유일한 사실이에요.

마치 다른 차원에서처럼 기이한 방식으로 사랑을 나눈 뒤 두 사람은 하루종일 꼭 붙어 지냈다. 그의 눈길 속에 남은 놀라움에 린다는 아까의 얘기로 돌아갔다. 그가 생각하는 그 사람과 그랬던 게 맞다고 그녀는 말했다. 루디안은 '이상해요……'라고 말하고 싶었지만 그녀가 말을 가로막았다. 두 여자가 그자를 '멍청이'라는 별명으로 부른 건 사실이었다. 그리고 다른 여학생들과 달리 린다는 그와의 잠자리를 거부해왔다. 하지만 세상일이 흔히 그렇듯이 그 일은 바로 그 때문에 이루어졌다.

알아요. 그가 말을 자르려고 했다. 당신이 그런 건……('나를 위해'라는 말은 마지막 순간에 피했다. 그 말이 정말이지 부적절하게 느껴졌던 것이다.) 당신이 그런 건…… 그래서 우리가 여기 있는 거잖아요. 그가 말했다.

그런지도 모르죠. 그녀가 생각에 잠긴 얼굴로 대답했다. 그러곤 다시 덧붙였다. 맞아요, 지금을 위해 일어나야 했던 일이죠.

그녀가 '하지만……'이라는 말을 하진 않았지만 그 말은 다양한 뜻을 품은 채 차갑고 거만하게 거기 있었다.

다른 이유라도? 그가 조심스러운 목소리로 물었다.

다른 이유? 그 사람이 문득 더 가깝게 느껴졌어요.

이 대답을 내놓은 건 루디안 스테파였던 모양이다. 여자는 입을 다물고 있었다.

다른 이유라도? 그가 거듭 물었다. 다른 이유가 있었어요?

여자는 머뭇거렸다.

물론이죠. 마침내 그녀가 말했다. 다른 이유가 있었죠…… 내 장례식에 온 유일한 사람이었으니까.

그는 아연한 얼굴로 그 말을 들었다. 이런 걸 어떻게 이렇게 아무렇지도 않은 듯 밝힐 수 있었을까? 이 일들을 어떻게 받아들여야 할까?

그의 이마 주름이 깊어져 거의 그 무게가 느껴질 정도였다. 살아서만, 다시 말해 장례식 이전에만 할 수 있는 어떤 일의 이유가 장례식 때 일어난 일이라는 건 논리적이지 않다고 그는 말할 뻔했다. 그의 당혹감을 알아차린 듯 여자는 알아들을 수 없는 언어로 몇 마디 했는데, 그녀가 이젠 다른 왕국에 속해 있기 때문에 다른 법의 지배를 받는다는 의미였다.

그는 망연자실했다. 그리고 이따금 중얼거렸다. 난 알고 있었어요. 그러자 그녀가 물었다. 뭐라고 하셨죠? 장례행렬의 마지막에 서서 숱한 말을 낳았던 수수께끼의 인물이 그 사람이라 놀랐다고. 그게 왜 놀랄 일인지 모르겠네요. 그녀가 말했다. 당신도 잘 알고 있었잖아요. 그렇지만…… 그렇지만 뭐요?…… 불가사의한 점이 하나 남아 있어요…… 그러니까 그곳, 배구장에 딸린 탈의실에서, 미제나에게 얘기한 것과 달리 그 사람에게 눈짓만 보낸 게 아니라 유인까지 한 거잖아요.

당신, 날 비난하는 거예요? 그럴 리가. 그가 말했다. 내게 그럴 권리가 어디 있다고. 게다가 그러고 싶어도 난 그럴 수가 없어요.

그녀는 그의 입술에 손가락을 얹었다. 그러더니 그의 손을 잡아 자기 가슴에 얹었다. 그건 그저 뭐랄까…… 임상적인 행위였을 뿐이에요. 당신도 나만큼이나 잘 알잖아요…… 나를 정말 안은 건 당신이 처음이에요. 그녀가 중얼거렸다. 내 첫 남자라고요, 아시겠어요? 나를 소유한, 더 정확히 말하자면 매개소유한 첫 남자이자 마지막 남자예요…… 이걸로 충분하지 않나요?

물론이지. 그가 생각했다. 그 이상 요구하는 건 정말이지 죄악이었다.

그녀는 세상사를 움직이는 운명의 손길에 대해 줄곧 중얼거렸다. 그 손길로 인해 자신과 미제나는 멍청이와 극작가와 내밀한 관계를 공유했고, 결국 시작된 것이 매듭지어져야 할 지점에서 다시 만났다는 것이다. 그녀의 말은 점점 흐릿해졌고, 어떤 말들은 꼭 그가 한 말인 것만 같았다. 그녀의 영혼은 다른 세계로 갈 준비가 되어 있는 듯했다. 그녀는 운명의 순간 졸업파티에서 마땅히 그래야 할 손이 아닌 다른 손이 자신의 가슴을 어루만졌던 그 천상의 접촉을 계속 환기했다. 바라바*와 그리스도 이야기처럼 멍청이와 극작가, 저급한 남자와 고상한 남자 둘이 만나도록 정해진 순간을 얘기했다.

멍청이가 대상이 될 게 분명한 심리를 환기할 때, 어떤 이유로 그녀가 그에게 몸을 맡겼는지 납득하고자 한 시도들을 언급할 때, 그녀의 말은 상대적으로 훨씬 명료해졌다. 모든 건 밝혀질 테지만 이 불가사의는 아니다.. 결코. 루디안, 미제나, 그리고 그

---

* 죄인 한 명을 풀어주는 유월절 전통에 따라 예수그리스도 대신 군중의 선택을 받고 석방된 죄인.

비밀을 무덤까지 안고 간 세번째 인물인 그녀, 이 세 사람만이 알 것이다. 그녀는 "결코"라는 말을 거듭 반복했고, 그는 이렇게 말할 뻔했다. 당신이 사건의 심리에 대해 뭘 알지? 당신은 이 세상에 없잖아요. 그러나 그는 곧 그의 정신이 그들 두 사람을 위해 작동한다는 것을 떠올렸다.

점차 그들은 모든 점에서 한몸이 되었다. 그가 늘 직감했고 심지어 찬가까지 들었던 이 다른 왕국에서도 그들은 한몸이었다. "내 손을 잡을 이는, 여자가 아니라, 별을 아내로 맞으리라." 마치 어제 일처럼 그 일이 떠올랐다. 캄캄한 밤이었다. 홀로 된 영국 부인 엘리너 불의 선술집과 닮은 불결한 싸구려 선술집 옆, 그가 옛날 극작가처럼 불량배들의 싸움에 휘말려 칼을 맞을지도 모를 곳이었다.*

가사를 기억해내기가 어렵긴 했지만 그는 그 노래에 대해 그녀에게 말했다.

노래에는 왕관 얘기를 하며 '왕관을 씌우다'라는 표현이 여전히 옛날처럼 쓰이는지 묻는 여자가 나왔다. 스스로를 거의 봉헌하듯 바치는 여자였다.

---

* 16세기 영국의 극작가이자 여왕의 밀정으로 활동했던 크리스토퍼 말로가 엘리너 불 소유의 선술집에서 칼에 찔려 사망한 사건을 가리킨다. 표면적인 이유는 사소한 언쟁이었으나, 정치적인 이유로 암살되었을 가능성도 제기되고 있다.

그가 그 일은 자연에 어긋날 뿐 아니라 한 번도 일어난 적이 없다고 말하기도 전에 그녀는 말했다. 당신, 망설이는 거예요? 날 밀어내는 거예요?

그는 자기에겐 그럴 권리가 없는 것 같다고 대답했다. 후자는 더더욱 할 수 없고.

그러니까 사실이군요. 당신은 날 밀어내고 있어요!

그는 우레와 같은 소리로 "아니"라고 외치는 듯했다. 그녀를 잔인하다고 말하는 것으론 부족했다. 그녀는 차라리 저세상 사람이었다.

여자가 갑자기 위에서 그를 붙드는 것 같았다. 당신 있는 곳까지 오기가 너무 어려웠어요. 순결한 목소리로 그녀가 말했다. 아니, 불가능했어요. 철조망이 끝없이 펼쳐져 있고, 개들이 엄청나게 많고, 무척이나 추웠어요.

그는 외칠 뻔했다. 당신, 나를 이해 못하는군요. 그건 망설이고 말고 할 문제가 아니었다. 결정을 내릴 사람은 그가 아니라 오직 그녀뿐이었다. 왜냐하면 그녀는 이 이야기에서 모든 것 위에 있었기 때문이다. 그녀 옆에선 모든 게 죄인이었다. 이 나라, 이 시대, 그를 포함해서 다른 모든 것이.

난 누구의 동정도 바라지 않아요. 복수도 원치 않아요. 그녀가 말했다.

그는 자신이 생각한 것을 말하려면 몇 년의 시간이 필요하리라고 생각했다. 그래서 핵심만 표현할 작정이었다. 생명 없는 그 차가운 왕관은 우주의 질서 속에서 하나의 착오였다고. 하지만 경악스럽게도, 말과 다르게 동의의 표시로 천천히 고개를 끄덕이는 스스로를 발견했다.

그 모습에 여자는 진정하는 듯했지만 기뻐하지는 않았다. 날은 여전히 춥고 청명했다. 그녀는 다시 노래에 대해 물었다. 그 노래는 대관식에 관한 것 아니던가요?

문득, 흐릿하게나마 가사가 그에게 떠올랐다.

조심해요, 내 손을 잡을 이는
여자가 아니라 별을 아내로 맞이하리니

그녀가 그의 눈을 들여다보았다. 마치 그 눈길의 중심이라도 찾는 것처럼. 그러더니 입을 열었다. 당신, 내가 무서워요?

절대로. 전혀. 당신을 잃으면 어쩌나 하는 것만이 나의 유일한 두려움이라오.

그러다 그는 잠에서 깼다.

같은 날 아침 같은 시간,
최고지도자의 집무실.

늙은 서기관은 전날 일어난 사건들에 관한 간단한 보고에 이어 중앙 위원회의 다음 총회 주제들을 발전시킬 임무를 맡은 위원 명단을 읽은 다음, 이번 회기 끝 무렵 경제와 문화 분야 상황에 관한 아주 간략한 보고를 시작했다.

지도자는 말없이 들었다. 최근 들어 그가 끼어드는 경우는 점점 더 드물어졌다. 이날 아침만 해도 서기관은 뱀에 물린 희생자, 앙골라에서 근무하는 알바니아 영사의 건강 문제에 대해 보고하면서 그가 말을 끊으리라 기대했다. 그리고 문화적인 사안으로 넘어가 스위스 영토에서 프랑스어로 된 그의 작품들을 선별 출간하는 작업에 대해 얘기할 때도 마찬가지였다. 그러나 상대는 이 두 가지 문제에 줄곧 무관심했다.

에너지 상황. 광석 채굴. 서기관은 목소리를 한층 낮추었지만 이미 여러 차례 그랬듯이 가장 예기치 않던 순간 지도자가 멈추라는 신호를 했다.

질문은 구리에 관한 것이었다. 더 정확히 말하자면 두 달 전 거기서 발견한 금에 관한 것이었다. 조금 더 정확히 말하자면 그것을 스위스의 '당 자금'에 위탁한 일을 둘러싼 소문에 관한 것이었다.

그러니까, 그런 소문은 없었습니다.

서기관은 자신의 말이 사실과 다르다는 것을 모르지 않았지만 그래도 침착하게 대답했다.

지도자의 눈에서 번득이는 불꽃, 그의 뇌 속에서 장치가 찰칵하고 작동할 때마다 내비치는 그 순간적인 빛, 그가 너무도 잘 아는 그 빛은 곧 꺼졌다.

스위스 건은 서너 개의 금기된 문제와 얽혀 있었는데, 개중 가장 중요한 문제는 지도자의 젊은 시절로 거슬러올라가는 사적인 일로, 지도자 아내의 다급한 요청에 따라 서기관은 지도자에게 그걸 숨기기로 결심했다. '그를 지루하게 만들지 않기 위해서'였다.

서기관은 그람시시市에서 일어난 사건 얘기를 할 때 지도자의 주의력이 되살아나길 기대했다. 그 사건에 대해서는 지난달 보고서보다 훨씬 보완된 두번째 보고서가 작성되어 있었다. 아닌 게 아니라 무엇보다 처벌을 언급하는 순간 그의 눈이 조금 더 신중해졌다. 처벌은 학교 집행부에서 오케스트라 일원들로까지 확대되었다. 그중 색소폰 연주자는 일탈을 부추긴 주동자로 55조에 따라 십이 년형을 구형받았다. 체육교사의 경우 비밀 심리의 대상이 되었다. 학생들에게 인격적 학대를 가한 것으로 의심될 뿐 아니라 부모 외에 '그 여자'의 장례식에 사람들이 알아보지 못하도록 심지어 변장까지 하고 참석한 유일한 인물이었기 때문이다.

저런, 저런. 지도자가 말했다.

서기관은 신중한 태도로 보고를 중단했다. 상대가 "계속해"라고 말할 때까지.

어떤 면에서 이 사건의 원인이라 할 수 있는 작가 루디안 스테파의 경우, 조사실에서 '그 여자'의 일기장을 심도 있게 분석하기 위해 일단 처벌을 유보해둔 상태였다. 보고서의 범주를 벗어나는 다른 문제들, 유보상태인 그의 작품과 심사중인 다른 작품까지도 분석대상이었다.

지도자가 주의깊게 자신의 말을 좇고 있다고 믿고서 서기관은 목소리에 조금 더 힘을 실었다. 그는 보고서를 보지 않은 채 극작가 R. 스테파에 관해 정신과의사 Z가 제공한 놀라운 정보를 갖고 있다고 알렸다.

정말인가? 지도자가 말했다. 그의 눈에 처음으로 기쁨이 비쳤다. 아, 그러니까 오늘은 의사의 날이군!

벌써 십 년도 넘게 한 달에 한 번씩 그는 그 저명한 정신과의사에게서 개인 보고서를 직접 받고 있었다.

요컨대 그 보고서는 몇 년 전부터 의사가 살피고 있는 저명인사들의 정신능력에 대한 염려와 관련해 의사로서 관찰한 바를 적은 것이었다. 거기엔 대단히 높은 고위직 공무원은 물론 지도자의 측근에 속하는 인물에, 가끔은 작가와 학자 같은 저명인사도 포함되어 있었다. 서기관은 지도자가 이 보고서 내용을 듣고서, 특히 보고서가 밝히는 우려에 대해 듣고서 비밀경찰이 제출한 보고서보다 훨씬 더 정확한 결론을 내리리라고 확신했다. 최근 음모, 석유음모에 대해 알게 된 것도 가담자들 중 우두머리의 처제가 정신과의사를 방문하지 않았더라면 생각조차 못했을 일이다. 그녀가 받은 상담 덕에 그들이 옛 정치국 요원의 집에서 불안에 떨며 지낸다는 사실을 알게 되었고, 그리하여 추적을 할 수 있었다. 서기관이 아직도 파악하지 못한 것은 두 진영, 양심이 편치 않아 불안에 떠는 진영과 불안을 전혀 느끼지 않는 진영 중 어느 쪽이 더 위험하다고 간주되는지였다.

의사가 무슨 얘기를 하는지 보자고. 지도자가 몸을 일으키며 말했다. 그보다 먼저 커피나 한잔하지.

서기관에게는 이때가 가장 기분좋은 순간이었다.

지도자는 천천히 커피를 홀짝였다. 습관대로 서기관은 어느 편이 더 좋을지 선택하지 못했다. 지도자와 동시에 커피를 다 마시느냐 아니면 그보다 조금 일찍 아니면 바로 직후에 비우느냐. 결정을 내리지 못해 머뭇거리다가 그는 정확히 어떻게 끝냈는지 모르게 마셔버렸다.

그는 단조로운 목소리로 새롭게 임명된 군대 수장의 젊은 아내가 앓는 우울증의 특성이 언급된 보고서를 읽기 시작했다. 다음번 방문 때 그 원인을 더 잘 이해할 수 있으리라 예상됩니다. 내무부 장관의 장모가 꾼 두 번의 악몽은 그 원인을 개인적인 이유에서 찾을 수 있고, 두 주째 불면증이 계속되고 있는 재무부 장관의 경우는 그렇지 않습니다.

아하, 지도자가 말했다.

루디안 스테파의 이름을 말하기 전에 서기관의 호흡이 느려졌다. 극작가 루디안 스테파는 광기의 초기 증세를 보이고 있습니다.

지도자의 눈에 그렇게 갑작스럽게 놀란 기색이 드러난 건 오랜만이었다. 이에 대비라도 한 것처럼 정신과의사는 자세한 설명을 제공했다. 얼마 전에 루디안 스테파가 죽은 사람(여자를 암시함)과 약혼(결혼을 암시함)을 허용하는 국가가 존재하는지 물은 것이 정신착란의 첫 징후였다는 것이다.

저런, 저런. 지도자가 말했다. 그는 곧 덧붙였다. 딱하군!

서기관이 보고를 계속했다. 지금까지 시간증 증세를 보인 적은 없었습니다. 이건 시간증과 전혀 상관없는 별개의 문제입니다.

별개의 문제? 지도자가 중얼거렸다. 말이야 쉽지. 미친 사람의 머릿속에서 그 별개의 문제를 꺼내보라고. 계속해봐. 하지만 라틴어로 된 질병 이름은 건너뛰어도 좋아.

서기관이 계속하려는 순간 상대가 다시 말을 잘랐다. 그람시 사건에 대해서는 아무 얘기도 없나? 내가 착각한 게 아니라면 그 극작가도 거기 연루되었잖나. 자살한 여자, 헌사, 그리고 또 뭐더라……

서기관이 대답했다. 아니요. 그 점에 대해서는 의사가 아무 언급도 하지 않았습니다.

음…… 신중한 사람이군. 그래서 내가 그자를 높이 평가하는 거야. 공정한 사람이거든. 상관없는 일에는 끼어들지 않지. 우리 비밀경찰이 이걸 본받아도 나쁘지 않을 텐데. 그래, 작가가 죽은 신부를 찾고 있다고? 심각하구먼. 그람시 경우처럼 중대한 퇴폐 사건이야. 산 사람을 희생해 죽은 자를 위하는 병적인 선전과 선동이지. 그런데 의사는 확실히 말하질 않는군. 이게 내가 아는 전부입니다. 나머지는 당신들이 알아서 할 일입니다. 이런 식이지…… 좋아. 그런 암시가 있는 만큼, 그에 관한 사건에 착수했 겠지? 작가 말이야.

서기관은 서류더미를 뒤적이기 시작했다.

처음엔 그랬던 것으로 보입니다. 첫번째 심리와 동시에 진행 됐죠. 그러다 우리가 알고 있는 이유로 중단된 상태입니다.

음…… 그런데 거기서 뭐가 나왔지? 내 말은, 자네가 말한 첫 심리에서 말이야. 지도자가 물었다.

서기관은 자신감을 잃었다. 몇 번의 대화입니다. 그가 말했다. 명료하지는 않습니다. 헛소리에 가깝죠. 녹음의 질이 그다지 좋지 않았던 모양입니다.

읽어봐. 지도자가 말했다. 있는 그대로 듣고 싶어.

어쩌면……

어쩌면이고 뭐고, 읽으라고!

서기관은 시키는 대로 했다. 그가 이렇게 당황한 건 드문 일이었다. 보증은 떠도는 소문이지 7세기 고독 자동차 경적소리 단테에 대해 그렇게 말하지 마 작별파티 아 그애가 당신을 사랑했다는 걸.

서기관은 더 읽어야 하는지 확인하려고 눈을 들었다. 상대의 얼굴에서 난처한 기색은 전혀 읽을 수 없었다.

원래 자료 그대로는 계속 이런 식입니다. 그가 말했다.

지도자는 더 듣고 싶은 건지 아닌지 아무 말이 없었다.

저들이 단테의 고독에 대해 말하고 있군. 그가 낮은 소리로 말했다. 또 누구에 대해 말하는지 알아봐. 내 얘기를 하는지 확인할 수 있으면 좋을 텐데!

서기관은 도무지 어찌해야 할지 알지 못했다.

침묵 끝에 그가 읽기를 계속했다. '됐어'라는 말이 도중에 끊어주길 희망하며. 죽음의 전령. 음…… 내용은 점점 더 난해해졌다…… 유령이 더이상 내 말을 따르지 않아. 왜 그러는지 모르겠어…… '됐어'라는 말 대신에 지도자는 말했다. 두 번씩이나 언급되는 그 파티가 대체 뭐야?

서기관은 생각했다. 난 끝장났다.

이 올가미에서 빠져나오는 건 불가능해. 헛소리는 갑자기 그친 듯했지만 그래도 그는 거듭 생각했다. 난 끝났어. 내무부 장관이 덧붙인 말이 문제였다. 현재 오스트리아에서 연수를 받고 있는, 루디안 스테파의 애인이자 아마도 장차 아내가 될 여자에게 협조를 요청하도록 허락을 신청하는 내용이었다. 지도자의 오랜 견해에 따라 극작가를 보호하려는 것이 그 목적이었다.

반밖에 읽지 않았는데 보고서가 지루해지기 시작하는 것 같았다. 그는 어떻게 해야 할지 가늠해보고자 눈을 들었다. 그러나 지도자의 눈길은 다른 데 가 있었다. 극작가의 이름이 발음되는 걸 들었을 때 그의 얼굴엔 처음처럼 놀란 표정이 떠올랐지만 이젠 슬픈 미소까지 곁들여져 있었다.

늘 새로운 걸 알게 되는군. 그가 생각에 잠긴 듯 말했다. 지로카스트라에서 신붓감 찾는 일에 대해 온갖 이야기들을 했던 게 기억나……

최근 들어 그는 점점 더 자주 고향을 언급했다.

뒤죽박죽이었지. 그래도 이것처럼 엉망이진 않았어!

그는 천천히 안락의자에서 일어났고, 서기관은 그가 점심식사를 하러 가려는 걸 눈치챘다. 그는 경호원들이 기다리고 있는 대기실까지 지도자를 따라갔다가 집무실로 돌아왔다.

같은 날 아침.
지도자 없는 집무실.

지도자가 떠나고 나면 언제나 그렇듯 그에겐 집무실이 달라진 것처럼 보였다. 텅 빈 것 같았다. 그는 탁자에 놓아둔 서류에서 그람시 서류를 펼쳤다. 찾는 것이 무엇인지 모른 채 그것을 한동안 들여다보았다. 그러다 깨달았다. 체육교사에 관한 내용이 은근히 그를 끌어당긴다는 걸. 재료는 아직 날것으로 의문부호와 추측이 잔뜩 달려 있었지만 아마 그런 형태였기에 더욱 끌렸을 터였다. 그는 거기서 교사가 여러 여학생과 관계를 맺었다는 사실을 확실히 파악했다. 그리고 마지막으로 '그 여자'와도. 서류에서 내내 그녀는 이름 없이 그렇게 지칭되었다. 지금껏 조사실은 '그 여자'가 극작가 루디안 스테파와 접촉한 흔적을 전혀 찾지 못했고, 군주주의자 무리와의 접촉은 더더욱 찾지 못했다. 독극물을 제공해 여자의 자살에 가담했을지도 모를, 아니면 흔적을 지우기 위해 직접 살해했을지도 모를 교사에게 의심이 쏠렸지만 아직 확증된 바는 없었다.

조금 더 깊이 파고든 두번째 심리는 주로 두 가지 의문에 집중되었다. 첫째, 왜 '그 여자'가 그에게 몸을 주었을까? 둘째, 왜 그는 장례식에 갔을까?

서류에는 조서의 일부가 첨부되어 있었다. 여자가 당신한테 관심이 없었다는 건 당신 스스로도 인정했다. 그런데 여자가 갑자기 생각을 바꾸어 몸을 준 건 어떻게 설명하지? 당신은 그 여자에게 뭘 약속했지? 어떤 협박을 한 거야? 그는 대답했다. 아무것도 안 했습니다. 협박도 전혀 없었습니다. 심문은 새벽까지 계속되었다. 그 여자가 당신한테서 뭘 기대한 거지? 그 대가로 당신한테 뭘 요구했어? 왜지? 그가 대답했다. 모르겠어요. 전혀 모릅니다.

장례식에 참석한 이유도 여전히 오리무중이었다. 왜 장례식에 갔나? 정치적으로 단죄받은 가족에 정신적 지지를 보인 건가? 계급투쟁에 관한 당의 정책에 반대하는 건가? 아닙니다, 아닙니다. 결코 아니에요! 그런 생각은 해본 적도 없어요. 그러면 왜? 설명해봐. 처음부터 전부 다시 말해보자고……

사건 이야기가 다시 이어졌다. 심리중 깨진 이빨 때문에 빠진 몇몇 단어만 빼고는 같은 내용이었다. 사회주의 신세대 교육자로서 당신이 어떻게 이전 시대 가문의 여자에게 끌릴 수 있었나? 모호한 대답. 학생들의 탈의실. 배구장 바로 옆에 붙은. 여자의 어떤 눈짓을 그가 일종의 유혹으로 해석한 모양이었다. 말도 없고, 설명도 없었다. 모든 게 침묵 속에서 이루어졌다. 물론 '그 여자'의 바람에 따라. 여자는 첫 경험이었다.

이어지는 질문 역시 거의 동일했다. 그런데 왜? 당신은 그 일이 있은 뒤 '그 여자'가 다시 전처럼 무관심해졌다고 했어. 왜 다시 무관심해졌지? 둘 중 누가 약속을 지키지 않았나, 그 여자야 아니면 당신이야? 사실을 말해! 왜 그 여자가 당신에게 몸을 주었지? 당신한테 뭘 기대한 거야? 왜 다시 돌아선 거지?

모릅니다. 저도 전혀 이해가 안 갔어요. 아마도 그래서 장례식에 간 걸 겁니다. 이해하려고요. 여자의 머리카락이 흩날리더군요. 전 울었습니다.

마지막 조서는 이렇게 끝났다. 조서 밑에 누군가 이렇게 써두었다. 멍청이! 감옥에서 썩어라. 다른 손이 쓴 다른 메모에는 이렇게 덧붙여져 있었다. 감옥이 아니라 메말리아이 광산으로 보내야 함. 그리고 마지막에 바보라고 적혀 있었다.

왠지 모르게 서기관은 깊은 한숨을 내쉬었다. 이어 '그 여자'가 어떻게 자기 몸을 주었는지 적어둔 곳을 되찾기 위해 천천히 서류를 뒤적이기 시작했다.

그걸 읽으면서 그는 슬로모션으로 보듯 배구장 옆에 붙은 탈의실을 상상했다. '그 여자'가 고개를 돌려 체육교사의 눈을 쳐다보고 교사가 수줍게 다가간다. 그다음 여자의 팔이 그를 끌어당긴다.

찌릿한 전기충격 같은 것이 뱃속을 헤집었다. 그는 서류를 다시 덮어 원래 있던 자리에, 알바니아어와 라틴어로 된 루디안 스테파의 헛소리 옆에다 놓고 꼼짝하지 않았다.

잊은 지 삼십 년도 넘은 우수가 그를 덮쳐 집요하게 마음을 갉는다. 두 번씩이나 뻗어보지만 손이 그의 말을 듣지 않는다. 세번째에 겨우 서류를 다시 잡는다. 그는 '그 여자'의 대담한 유혹을 언급하는 바로 그 지점을 펼치고 다시 그대로 굳어버린다.

단순한 체육교사가 이 함정에 빠진 건 그렇다 치고, 넌 어떻게 된 거지?

그는 마치 손이라도 덴 것처럼 서류를 다시 제자리에 놓으면서 너무 늦었다고 느꼈다.

그분 곁에서 삼십 년을 보낸 지금 생각할 수 없는 일이 벌어졌다.

그는 연설의 결과를 알고 있었다. 특권계급은 끝장났다. 모든 것이 구렁에 던져졌다. 다이아몬드, 추억, 관능마저도. 미라가 되고, 물때 낀 화석이 되어버렸다. 그런데 전혀 예기치 못한 일이 벌어졌다. 구덩이 깊은 곳에서 저들의 딸 가운데 하나가 지옥의 불꽃을 내뿜은 것이다.

정신이 이상해진 극작가, 머릿속에 아무것도 든 게 없는 교사…… 그들은 그렇다 치고 삼십 년째 이 자리에, 순수한 원천 옆에 자리한 너를, 제일 마지막으로 쓰러져야 할 너를 그 불꽃이 어떻게 태울 수 있었지. 오, 오, 주여!

명예의 자리에 오르는 대신 여자 문제로 수치스럽게 죽어간 누군가를 위해 어떤 이가 부른 오래된 고향 노래가 그의 기억에 떠오르려 했지만 끝내 떠오르진 않았다.

같은 날 저녁.
블로크*의 당사 휴게실.

지도자와 지도자의 아내가 예고 없이 들어왔다. 그곳에는 정치국 요원 두 명, 반쯤 눈이 먼 국회의장, 서너 명의 장관 그리고 최근에 군사령관으로 임명된 인물이 젊은 아내와 함께 있었다.

지도자는 모자를 벗고 그들에게 인사를 건넨 뒤 늘 앉는 난로

---

* 당의 고위관리를 위한 티라나의 구역.

옆자리에 앉았다. 그러더니 동지들에게 원한다면 가까이 오라고 말하고는 아내에게 귓속말을 했다. 수다 좀 떨자고.

여기 온 건 처음이죠? 반백의 국회의장 아내가 군사령관 아내에게 낮은 목소리로 물었다.

상대가 고개를 끄덕였다.

같은 순간, 지도자가 사령관에게 뭔가를 말한 모양이었다. 사령관이 미소를 지으며 고개를 돌려 아내를 바라본 것을 보면 말이다.

눈길이 묘하네요. 젊은 여자가 속삭였다.

그분의 모든 게 그렇죠. 달라요. 상대가 말했다. 내가 보기엔 그분이 호기심을 갖고 당신을 훑어본 것 같은데요.

여자의 얼굴이 붉어졌다.

난로 주위에서 대화가 활기를 띠었다. 서로 속삭이기가 훨씬 편해졌다.

어디건 그분이 들어서면 모든 게 환해지죠. 늙은 여자가 말했다. 내 남편과는 정반대예요. 당신이 있으면 모든 게 어두워져. 난 남편에게 종종 이렇게 말하지요.

웃음이 커다랗게 터질까 싶어 두 사람 모두 손으로 입을 가렸다.

오늘 그분께서 기분이 좋으시네요. 늙은 여자가 난로 옆을 쳐다보며 말했다. 눈에 띌 정도로요.

지도자는 말이 없는 사람들을 지켜보았다. 한순간 그의 눈길이 다시 사령관의 아내에게 고정되었다.

여기서는 예쁜 여자들을 자주 못 보거든요. 늙은 여자가 젊은 여자의 오른쪽 귀로 입술을 가져가며 말했다.

젊은 여자의 얼굴이 다시 붉어졌다.

그러니까 더 예뻐 보이네요.

난로 주위엔 침묵이 깔리고, 지도자의 목소리가 때때로 명확하게 들려왔다.

그분이 지식인들에 대해 말하고 있네요. 최근에 몇 가지 문제가 있었죠. 알고 있어요?

젊은 여자는 고개를 저어 부인했다.

아, 글쟁이들이란! 국회의장이 외쳤다.

그들의 천성이지. 지도자가 말했다. 자기들을 위해 그렇게 많은 걸 해주었는데도 불만이야. 매일같이 꼬장을 부린단 말이야.

저 끔찍한 말은 무슨 뜻이죠? 젊은 여자가 속삭였다. 한 번도 들어본 적이 없어요.

당연하죠. 이젠 쓰지 않는 말이니까. 변덕을 저렇게 말하는 거예요.

저런 말 전 끔찍해요. 젊은 여자가 중얼거렸다.

지도자님이 너무 좋은 분이라 그자들이 제멋대로 구는 겁니다. 국회의장이 말했다. 제가 맡는다면 저자들도 고통이 뭔지 알게 될 겁니다.

들었어요? 늙은 여자가 말했다. 정말이지 흥 깨는 데는 선수라고 내가 그랬죠?

지도자는 못 들은 척했다. 이제는 완벽한 침묵이 깔려서 그의 말뿐만 아니라 호흡까지도 들을 수 있었다.

나는 그 사람들을 늘 그런 모습으로 떠올리오. 불만에 찬 모습 말이오. 누구는 자신의 전위적인 창조뉴런이 손상되었다고 단언하질 않나, 또 누구는 유령이 더이상 자기 말을 안 듣는다고 불평하질 않나.

사람들의 웃음이 그의 마지막 말을 삼켜버렸다.

침묵이 다시 찾아오자 그가 느린 소리로 다시 입을 열었다. 어쩌면 저들은 내가 이제 없어지기를 기다리는지도 모르지. 그러면 자기들에게 훨씬 쉬울 거라고 생각하는 거야…… 허……

국회의장의 반쯤 먼 눈이 검은 안경 너머에서 번득였다.

그 작자들은 그 자리에서 뒈질 겁니다! 늙은 여자가 앉은 자리에서 외쳤다.

지도자는 침묵을 요구하듯 손짓을 했다.

새로운 기벽이 생긴 사람이 있소. 그 사람을 존중해서 이름은 말하지 않겠지만, 그자가 지금 찾고 있는 게 뭔지 아시오? 알아맞힐 리가 없겠지…… 죽은 신부요!

그는 놀라 휘둥그레진 사람들의 눈을 살피며 잠시 기다렸다.

제대로 들은 거요. 그 사람이 얻으려는 건 분명 죽은 신부요. 라틴어로 말하자면 스폰사 모르투아Sponsa mortua지.

참기 힘든 웃음이 마침내 터져나왔다. 그는 다시 침묵을 불러오기 위해 손짓을 해야만 했다.

이 사람을 위해 내가 뭘 할 수 있겠나? 무슨 얘기를 하겠소? 저세상에서 그의 신부를 데려오는 건 내 능력 밖의 일이잖소. 그러니 그를 그곳으로 보내는 수밖에, 그 신부 곁으로……

국회의장은 가만히 앉아 있기가 힘든 모양이었다. 벌써 꽤 오래전부터 그는 오른쪽 검지로 방아쇠 당기는 시늉을 하고 있었고, 결국 지도자가 그걸 보았다. 당신 머릿속에 뭐가 들었는지 알고 있소. 신랑 될 사람을 준비시켜 신부한테 보내자는 것이겠지. 그건 안 되오. 그가 슬픈 표정으로 고개를 저었다. 안 돼, 안 돼, 안 돼. 그가 되풀이했다. 작가들이 탈선해도 난 그자들을 옹호할 거요.

천사예요. 늙은 여자가 속삭였다.

두 여자가 앉은 자리에서 유일하게 보이는 지도자의 오른쪽 눈은 아까보다 더 크고 더 부드러워진 듯 보였다. 눈물에 젖은 것처럼.

천사야. 여자가 거듭 말했다. 멜레크meleq야.

그건 무슨 뜻이죠? 조심스러운 목소리로 젊은 여자가 물었다. 그런 말 하시니 무서워요.

이젠 거의 쓰이지 않는 오래된 터키말이죠. 멜레크, 천사장이 란 뜻이에요……

같은 날 저녁. 텅 빈 극장.

여느 저녁때와 같이 건물이 어둠 속에 빠져들었지만 루디안 스테파는 건물 깊숙한 곳에서 미약한 불빛이 빛나고 있다는 느낌이 들었다. 평소 배우들이 사용하는 바깥문으로 다가가던 그는 담배 불빛과 더불어 희미한 어둠 속에 나타난 수위의 익숙한 실루엣을 보고 깜짝 놀랐다.

그는 인사를 하고는 누가 안에 있는지, 아니면 자신이 꿈을 꾼 건지 물었다.

수위는 배관공들이 수리를 하고 있지만 원하면 가봐도 된다고 대답했다.

그는 고맙다고 한 뒤 출구를 향해 갔다. 벌써 얼마 전부터 그는 텅 빈 극장 한가운데 9열과 13열 사이에 자리잡고는 눈을 무대에 고정한 채 한동안 머무르는 버릇이 생겼다. 처음에는 변덕이라 여겼고, 그후엔 편집증으로 여겼다가, 다시 창조성의 위기에 접어든 탓이라고 생각했다. 이 경우엔 누구도 위기라는 말을 쓰진 않았지만. 그는 굳이 설명을 찾지 않으려고 애썼다. 그곳에 있으면 그저 기분이 좋았다. 그의 상상 속에서 진홍빛 커튼은 언제 누구 때문인지 화가 난 귀부인의 긴 드레스로 어느새 둔갑했다.

의자들도 같은 색이었고, 공식 좌석을 포함해 칸막이 좌석들의 벨벳도 마찬가지였다.

그가 쓴 몇 편의 작품도 이렇게 이 텅 빈 극장에서 무대에 눈을 고정하고 구상한 터였다.

무대보다 조금 어두운 양쪽에 계단이 있었다. 평소에는 눈에 띄지 않지만 작은 등이 희미하게 켜지면 관객들은 인물이 그리로 등장하리라 눈치챌 수 있었다. 드문 경우를 제외하고는, 베를린부터 상하이에 이르기까지 수많은 사회주의리얼리즘 레퍼토리에 등장하는 부정적인 인물들의 경우가 그랬다. 그들은 방공대피소에서, 퇴폐적인 야간 바에서, 심지어 죽음에서 겁에 질린 모습으로 올라왔다. 수상쩍은 배관공, 북대서양조약기구의 스파이, 여덟번째, 열한번째, 심지어 많은 사람들의 말에 따르면 결코 열린 적 없다는 두번째 총회에서 가면이 벗겨진 음모자들이 고통을 질질 끌며 그리로 나타났다. 그 뒤로 곧 가톨릭 사제, 불량배, 웃음을 파는 여자가, 그리고 환상에서 깨어난 조구 1세의 그림자가 따랐다.

사실, 그의 희망은 무대 위보다는 이 계단에 몰려 있었다. 물론 행운이 그를 버리지 않았다면 말이다.

작은 등의 불빛이 마치 은밀한 숨결 때문인 듯 흔들리고 있었다. 제발 멈추지 말아줘. 왠지 모르지만 옛 알바니아어로 그가 말했다.

계단을 오르는 웬 그림자가 인물보다 먼저 나타났다. 극작가는 자신이 그토록 기다려온 바로 그 인물이라는 걸 알았다. 인물의 손에는 두 개의 현이 더해진 고대 리라가 들려 있었다. 금속이 덧대어져 멀리서도 알아볼 수 있었다.

그는 숨죽인 채 벌어지는 일을 지켜보았다. 사람들이 얘기하듯 그의 약혼녀가 그를 따라올까? 아니면 에우리디케는 없는 걸까?

우리가 겪는 가장 큰 상실의 주범은 바로 우리야. 그가 생각했다. 바로 그 순간, 대충 수선한 리라를 든 남자 뒤로 몇 걸음 떨어진 곳에서 여자가 나타났다. 잠든 케르베로스의 몸을 피하기 위해 우회해온 여자는 발칸 지역의 신부들이 대개 그러듯 고개를 숙인 채 오르페우스가 걸은 길을 따라 걸었다.

안 돼! 루디안이 속으로 외쳤다. 수천만 번 거듭 반복된, 인류가 떨쳐내지 못한 '안 돼'였다. 여자를 잃고 싶지 않다면 고개를 돌리지 마!

오르페우스. 여자가 희미한 목소리로 불렀다.

루디안 스테파는 곧 일어날 일을 보지 않으려고 눈을 감았다.

오 년 후.

동상의 몰락. 낮.

스칸데르베그광장에서 웅성거림이 파도처럼 몰려왔다. 그는 창문을 열었다. 그러나 사람들이 어느 쪽으로 동상을 끌고 다니는지 짐작할 수 없었다.

텔레비전 화면에 비친 광장의 모습은 여전했다. 군중 속에서 방금 끌어내린 청동상을 매단 트럭이 뚝뚝히 보였지만 어느 쪽으로 길을 트고 있는지는 전혀 볼 수 없었다. 잔뜩 흥분한 해설자의 목소리도 더 자세한 정보를 제공해주지는 못했다. 불현듯 그는 극장을 떠올렸다. 군중은 극장을 향해 가고 있어. 그러나 곧 외쳤다. 아냐, 그리로 길을 트는 건 불가능해. 세상에, 믿기 힘든 일이야. 지도자가, 독재자가 군중의 발에 짓밟히다니……

얼마 후, 소동의 양상이 달라진 듯한 소리에 그는 창문을 다시 열었다. 그가 바랐던 일이 일어나고 있었다. 트럭이 디브라거리로 향하고 있었다. 광장 양편으로 갓길을 향해 달려가는 사람들이 보였다. 한편 동상 위에 선 사람들은 텔레비전 화면에 비친 모습 그대로였다.

그는 외투를 걸치고 목도리를 둘렀다. 소란은 점점 더 커졌다.

트럭이 다가왔다. 동상의 발과 몸의 일부만 보였다. 동상 위에 오른 사람들 중 하나가 입에 담배를 문 채 카메라를 향해 웃음을 터뜨렸다. 다른 한 사람도 꼴을 보니 그 멍청이를 따라 용기를 낸 모양이었다.

이 순간 시신은 뭘 하고 있을까? 루디안 스테파는 생각했다. 허수아비가 모독당하는 동안 땅속의 진짜 시신은?

트럭이 거의 그의 창문 아래까지 왔다. 그 뒤를 이어 얻어맞은 흔적을 드러낸 찌그러진 머리가 나타날 것이다.

땅속에 얼마나 많은 시신이 있을까? 그는 다시 생각했다. 깨진 뼈, 피 흘리는 얼굴, 손에 든 독병. 그들과 터놓고 얘기하는 일은 산 자들과 얘기하는 것보다 훨씬 어려우리라.

동상의 머리는 이제 그의 창문 바로 아래에 있었다. 두개골에 난 구멍이 시커먼 공허를 향해 입을 벌리고 있었다.

모독당한 허수아비여, 사라져버려! 그가 속으로 말했다.

군중의 고함이 아래에서 파도치듯 밀려왔다.

동상의 오른쪽 눈, 결코 자연스럽지 않은 크기로 시커멓게 변해버린 눈은 눈물에 젖은 것처럼 보였다.

삼 개월 후. 린다 B.

지상의 온갖 소리 가운데, 작은 시골마을 묘지 후미진 곳, 린다 B가 영원히 잠든 땅속에서 올라오는 소리는 없었다.

알바니아 국가는 무너졌지만 법은, 특히 구금과 거주지 지정 유배에 관한 조치들은 그대로 남아 있었다. 그중 하나가 특히 이상해 알바니아 밖에서는 그와 유사한 경우를 찾아볼 수 없다고 평하는 사람이 많았다. 그 법이란 형벌이 만기에 이르기 전에 죽음이 데려간 정치범과 유배수에 관한 것이었다. 이미 영혼이 떠나버린 그들의 육신은 최후의 거주지인 묘지에서 끝까지 형벌을 받아야만 했다. 다시 말해, 살았을 때 내려진 형벌의 만기가 찬 뒤에야 그들의 가족은 국가가 지정한 묘지에서 시신을 꺼내 원하는 곳에 매장할 권리가 생겼다.

제일 먼저 사라져야 마땅한 법의 문구가, 아니 더 정확히 말하자면 법의 토대—땅 '위'와 땅 '아래'의 완벽한 평행관계—가 제일 나중에 폐지되리라는 걸 깨닫기까지는 꽤 많은 시간이 필요했다. 이 규제에서 예외가 되는 이들은 종신형 죄수와 사형수,

적어도 법적 의미에서 형기라는 용어로는 시간을 헤아릴 수 없는 두 부류뿐이라는 걸 사람들에게 설명하는 데도 꽤 시간이 필요했다.

수감자들과 거주지가 지정된 유배자들은 원칙적으로 땅 위에서건 땅속에서건 동일한 대접을 받는다는 공통점이 있었지만 한 가지 사항에서 엇갈렸다. 수감자를 대상으로 내려진 결정은 본인에게만 해당하는 것인데 반해, 거주지 지정 유배수의 경우는 형벌이 가족에게도 적용되기 때문에 석방 또한 가족단위로 이루어진다는 점이었다.

그런데 가족이란 대개 여러 세대로 구성되는 터라 해방되는 날에 죄수 가운데 죽은 이가 있을 수밖에 없었다. 특히 어린아이와 노인 사이에 많았다. 따라서 그 유명한 '서류'에 해방된 자는 두 개의 난으로 분리되어 있었다. 산 사람을 위한 난과 죽은 사람을 위한 난이었다.

린다 B 부모의 집에 '서류'가 오 년 전과 똑같은 날짜에, 대략 같은 시간인 정오 직전에 도착했다.

그들이 그 서류를 거의 무심한 마음으로 연 것은 처음이었다. 린다가 없는 지금, 우체부의 손에서 그것을 받아든 부모의 첫 반응은 그 서류가 모든 의미를 잃었다는 것이었다. 잠시 그들은 봉투 위에 찍힌 국가의 상징을 응시했는데, 그 공허에서 가장 먼저 떠오른 건 딸이 죽은 마당에 이젠 해방 따위는 전혀 중요하지 않다는 생각이었다. 그들은 심지어 마음속으로 최악의 내용이 담겨 있기를 바랐다. 어제처럼 그들의 자식이 잠든 그 구덩이 속에 머물면 그만이었다.

그들은 문득 죄책감을 느끼고서 하느님에게 용서를 구했다. 그러곤 다시 미친 듯이 기도를 했다. 그들에게 이런 신성모독의 느낌을 준 것이 아들의 존재만이 아니라 다른 것이라는 생각에 사로잡혔던 것이다. 다른 뭐? 어머니는 고함을 지를 뻔했다. 린다 외에 다른 뭐가 있을 수 있겠어?

그녀는 마음을 가라앉히려고 애썼지만 그러지 못했다. 그녀의 의식 깊은 곳에서 희미하게 그 물음에 대한 대답이 올라왔다. 당연하게도, 린다를 여기 버려둔 채 그들만 떠날 수가 없었던 것이다. 그녀는 아들이 잘 보라고 내민 '서류'에서 눈물 어린 눈을 떼지 못했다. 엄마, 여기 누나 이름도 있어요. 우리 이름 옆에.

충격이 가시자 무슨 일이 일어난 것인지 그 실체가 안개 속에서 모습을 드러냈다. 그들은 린다를 결코 버리지 않을 뿐 아니라 이젠 자신들보다는 딸애를 위해 떠날 것이었다.

지상에 있는 그들보다 땅속의 딸은 이중으로, 국가와 죽음으로부터 이중으로 속박되고 고통받은 터였다. 그들에겐 죽음의 사슬이 없으니 적어도 더 무거운 국가의 족쇄는 벗을 수 있을 것이었다.

말로 다할 수 없는 이 일주일 동안 그들은 절차를 밟았다. 린다와 관련된 절차가 무엇보다 복잡했다. 시에서 발급해주는 파묘허가부터 의학적 서류는 물론이고 안보부의 최종 확인서까지. 사방을 뛰어다닌 끝에 그들의 발걸음은 딸애의 무덤 곁에 이르렀다. 딸이 그곳에서 초조하게 자신들을 기다리는 것만 같았다. 그래서 어머니는 딸에게 같은 말을 되풀이했다. 조금만 더 기다리렴, 사랑하는 딸아. 곧 넷이서 떠나자꾸나. 옛날 영화 속에서처럼 일요일 소풍을 떠나듯이.

티라나에 사는 먼 친척이 수도 서쪽 묘지에 자리 하나를 찾았다고 그들에게 알려왔다. 바다를 향한 자리였다.

그리하여 그들은 5월 말 어느 날 넷이서 소형 화물차를 타고 떠났다. 셋은 앞좌석에 앉았고, 린다는 좁은 관에 든 채 그들 가운데 자리잡았다.

화창한 날이었다. 가벼운 산들바람이 불었다. 그들은 린다가 작별파티 때부터 갖고 있던 머리핀을 흙속에서 찾아내 고리를 이용해 관 위에 고정했다. 유일한 장식이었다.

간간이 보이는 표지판이 마을과 도시의 시작과 끝을 알렸고, 화물차는 그것들을 빠르게 지나쳐갔다. 알바니아는 이상하리만큼 넓어 보였다.

낯선 이름을 단 간판들이 처음 나타났을 때―유로파모텔, 카페바아틀란티크―그들은 그사이 유배구역을 벗어난 건지 확인이라도 하듯 오른쪽 왼쪽을 쳐다보았다.

어디에도 안내판은 없었다. 어머니가 억눌린 목소리로 말했다. 그런 건 애초에 없었나봐. 아버지는 아무 말도 하지 않았고, 아들은 계속해서 큰 소리로 간판들을 읽었다. 카페비엔나, 두여왕모텔.

모터소리가 갑자기 달라졌다. 길은 조금씩 오르막으로 변했다. 하지만 극심한 요동과 시커먼 연기를 그러려니 할 정도는 아니었다. 차는 힘겹게 나아갔고, 그들은, 남편과 아내는 다시 양쪽을 살폈는데 이번에는 공포로 새하얗게 질린 얼굴이었다.

그들은 아무 말도 하지 않았지만, 유배구역이 끝나고 그들이 천천히 눈 먼 땅의 뱃속으로 새로 발을 들여놓은 듯한 지점에서 문득 땅이 딸의 몸을 붙들고 놓아주지 않으려 한다는 느낌을 똑같이 받았다고, 나중에 서로에게 털어놓았다.

조금 더 멀리 가자 자동차는 다시 매끄럽게 굴렀다. 그들은 고지대의 신선한 공기를 마셨고, 알바니아는 이제 무한히 넓어 보였다. 길을 가다가 두세 차례 운전사와 같이 뭔가를 먹기 위해 작은 주점에 멈춰섰다. 주인 여자는 티내지 않으려 애쓰면서 문 근처 갓길에 주차된 화물차를 힐끔거렸다.

얼마 전부터 수도가 모습을 드러냈지만 다가갈수록 점점 멀어지는 것만 같았다. 그들은 멍한 얼굴로 뒤로 지나가는 전신주, 농가, 소규모 군용 비행장에 착륙한 헬리콥터를 쳐다보았다. 저녁이 내렸다. 이따금 아버지와 아들은 어머니의 얼굴을 몰래 훔쳐보았다. 그녀는 그들이 생각한 것보다 훨씬 잘 견디고 있었다. 하지만 티라나의 불빛이 멀리 보이자 갑자기 흐느낌으로 어깨가 들썩이더니 온몸이 들썩였고, 결국 그녀는 죽은 듯 관 위에 엎드렸다. 흐느끼는 틈틈이 어머니는 힘겹게 조음하여 린다의 이름을 되뇌었다. 내 딸, 내 딸아.

두 달 뒤. 첫 공연.

몇 년 전처럼 첫 공연이 끝난 뒤 출간작에 사인을 하기 위해 작가에게 마련된 자리에 앉았을 때 그의 귓전에는 박수갈채가 여전히 울리고 있었다.

그는 관례에 맞게 살짝 피곤한 얼굴로 아는 사람이건 모르는 사람이건 모두에게 냉랭하게 사인을 했다. 진심을 담아, 루디안 스테파. 또는 우정을 담아, 루디안 스테파.

대기줄에 선 이들은 조심스럽고 정중했다. 대개 저마다 서로에게서 빌린 것 같은 미소를 보란듯이 내걸고 있었다. 그를 아는 사람들은 그가 자신을 기억할지 확신을 갖지 못해 그에게 그 사실을 환기했다. 어떤 이들은 헌사에 자기 이름을 넣어달라고 청했다. 감정을 잘 드러내는 사람들이 여기저기서 눈에 띄었다. 루칸 헤리가 특히 그랬다. 물론 동료들도 마찬가지였다. 독일에서 돌아온 한 친구, 캐나다에서 온 다른 친구. 외국 외교관들. 신문기자들. 미제나는 약혼자와 손을 잡고 왔다. 둘 모두 채널플러스라는 민영방송사에서 일했다. 대개는 조용했다. 그들 가운데는 몇 년 만에 만나는 판사도 있었다.

끝없이 이어진 줄이 그를 지치게 만들었다.

웬 부드러운 목소리가 두 번이나 거듭 말했다. 제 이름으로 사인해주실 수 있으세요? 물론이죠. 그가 대답했다. 낯선 여자가 이름을 불러줄 때까지는 고개를 들 틈이 없었다. 린다 B.

안 돼!

이것이 그가 속으로 내지른 유일한 외침이었고 생각이었다.

고개를 들고 싶은 참을 수 없는 욕망은 곧바로 다른 생각에, 그의 고개를 그 자리에 못박는 무거운 쇠사슬 같은 생각에 제압당했다.

안 돼! 그 이유도 여전히 알지 못한 채 그는 재차 생각했다. 쳐다보지 마. 그가 속으로 거듭 말했다.

견디기 힘든 공허, 지구의 절반을 미지근한 밀랍바다 속으로 쓸어버릴 수도 있을 듯한 공허가 그를 내면으로 무너뜨렸다. 동시에 안개 너머에서는 이성이 끼어들려고 애썼다. 그녀를 다시 잃고 싶지 않다면 그러지 마!

그사이 책이 그의 눈 아래 놓였고, 반쯤 마비된 그의 손이 힘겹게 끄적이기 시작했다. '린다 B에게, 저자의 추억을 담아.'

안 돼! 그가 마지막으로 생각했다. 어떤 마음이건, 어떤 결핍을 느끼건 그래선 안 돼!

오랜 금기에 대한 명령은 여전히 생생한 효력을 발휘했다. 그리고 그는 그것에 복종했다.

눈이 보이지 않는 사람처럼 그는 고개를 여전히 숙인 채 서명한 손으로 책을 들었다. 그 상태로 꼼짝도 않고 그녀가 책을 받기를 기다렸다. 그가 바라는 대로 되었다. 여자가 결국 책을 받아든 것이다. 죽음의 어둠 속에서 그들의 손가락이 살짝 차갑게 스쳤다.

말리이로비트, 파리
2008년 여름에서 2009년 겨울 사이

1936년	1월 28일 알바니아 남부, 지로카스트라에서 태어남. 초중등 교육과정을 지로카스트라에서 마친 후 티라나 대학교에서 언어학과 문학을 공부함.
1956년	교사 자격증 취득.
1958~1960년	모스크바에 있는 고리키문학연구소에서 공부함.
1960년	알바니아가 소련과 외교관계를 단절하자 알바니아로 귀국. 문학잡지 〈드리타*Drita*〉에서 근무하며 작품활동 시작.
1963년	첫 장편소설 『죽은 군대의 장군*Gjenerali i ushtrisë së vdekur*』 발표.
1964년	시집 『이 산들은 무슨 생각을 할까*Përse mendohen këto male*』 발표.
1968년	장편소설 『결혼*Dasma*』 발표.
1970년	장편소설 『성*Kështjella*』 발표. 프랑스어판 『죽은 군대의 장군*Le Général de l'armée morte*』 출간. 알바니아 인민회의 의원으로 선출됨.

1971년	장편소설 『돌의 연대기 *Kronikë në gur*』 발표.
1972년	알바니아 노동당 가입.
1973년	프랑스어판 『돌의 연대기 *Chronique de la ville de pierre*』 출간.
1975년	장편소설 『어느 수도의 11월 *Nëntori i një kryeqyteti*』 발표.
1977년	장편소설 『위대한 겨울 *Dimri i madh*』 발표.
1978년	장편소설 『세 개의 아치가 있는 다리 *Ura me tri harqe*』 『위대한 파샤 *Pashallëqet e mëdha*』 발표. 프랑스어판 『위대한 겨울 *Le Grand hiver*』 출간.
1980년	장편소설 『부서진 사월 *Prilli i thyer*』 『누가 도룬틴을 데려왔나? *Kush e solli Doruntinën*』 『우울한 해 *Viti i mbrapshtë*』 발표.
1981년	장편소설 『꿈의 궁전 *Pallatit të ëndrrave*』 발표. 오스만제국의 수도를 배경으로 우화와 알레고리 기법을 통해 전제주의를 비판한 작품으로, 발표 즉시 출간 금지됨. 장편소설 『H 서류 *Dosja H*』 발표. 프랑스어판 『부서진 사월 *Avril brisé*』 『세 개의 아치가 있는 다리 *Le Pont aux trois arches*』 출간.
1984년	『위대한 파샤』가 프랑스어판 『치욕의 둥지 *La Niche de*

la bonte』로 제목이 바뀌어 출간됨.

1985년   장편소설『달빛*Nata me bënë*』발표.『성』이 프랑스어 판『비의 북소리*Les Tambours de la pluie*』로 제목이 바뀌어 출간됨.

1986년   프랑스어판『누가 도룬틴을 데려왔나?*Qui a ramené Doruntine?*』출간.

1987년   프랑스어판『우울한 해*L'Année noire*』출간.

1988년   『콘서트*Koncert në fund të dimrit*』발표. 프랑스어판 『콘서트*Le Concert*』출간. 1970년대 중국과 알바니아 의 관계를 다룬 작품으로, 1978~1981년에 집필되었 으나 검열에 걸려 출간 금지됨. 프랑스 문학잡지 〈리 르〉에서 그해 최고의 소설로 선정됨.

1989년   프랑스어판『H 서류*Le Dossier H*』출간.

1990년   공산주의 독재 체제에 위협을 느껴 프랑스로 망명함. 프랑스어판『꿈의 궁전*Le Palais des rêves*』출간.

1991년   장편소설『괴물*Përbindëshi*』발표. 1965년 단편으 로 출간되었으나 검열에 걸려 빛을 보지 못하다가 이후 장편으로 개작해 재출간. 프랑스어판『괴물*Le Monstre*』출간.

1992년   치노델두카 국제상 수상. 장편소설『피라미드*Piramida*』

발표. 프랑스어판 『피라미드 *La Pyramide*』 출간.

1993년   프랑스 파야르출판사에서 '이스마일 카다레 전집'을 출간하기 시작함(2004년까지 총 12권 출간). 프랑스어판 『달빛 *Clair de lune*』 출간.

1994년   장편소설 『그림자 *Hija*』 발표(집필은 1984~1986년). 프랑스어판 『그림자 *L'Ombre*』 출간.

1995년   장편소설 『독수리 *Shkaba*』, 에세이 『알바니아, 발칸반도의 얼굴 *Albanie, Visage des Balkans*』 발표.

1996년   프랑스 학사원의 하나인 아카데미데시앙스모랄에폴리티크의 평생회원으로 선출됨. 프랑스 레지옹도뇌르(오피시에)훈장 수훈. 산문집 『알랭 보스케와의 대화 *Dialog me Alain Bosquet*』, 장편소설 『스피리투스 *Spiritus*』 발표. 프랑스어판 『독수리 *L'Aigle*』 『스피리투스 *Spiritus*』 출간.

1997년   에세이 『천사의 사촌 *Kushëriri i engjëjve*』 발표.

1998년   단편집 『코소보를 위한 세 편의 애가 *Tri këngë zie për Kosovën*』 발표. 모스크바 유학 시절 발표한 습작품 『간판 없는 도시 *La ville sans enseignes*』 출간.

1999년   소설집 『남쪽으로 날아가는 철새 *Ikja e shtërgut*』 발표.

2000년   장편소설 『사월의 서리꽃 *Lulet e ftohta të marsit*』 발표.

2002년	장편소설 『룰 마즈렉의 삶, 게임 그리고 죽음 *Jeta, loja dhe vdekja e Lul Mazrekut*』 발표.
2003년	장편소설 『아가멤논의 딸 *Vajza e Agamemnonit*』(집필은 1985년)과 그 속편 격인 『누가 후계자를 죽였는가 *Pasardhësi*』 발표. 프랑스어판 『아가멤논의 딸 *La Fille d'Agamemnon*』 『누가 후계자를 죽였는가 *Le Successeur*』 출간.
2005년	제1회 맨부커 인터내셔널상 수상. 소설집 『광기의 풍토 *Cështje të marrëzisë*』 발표. 프랑스어판 『광기의 풍토 *Un Climat de folie*』 출간.
2006년	에세이 『햄릿, 불가능의 왕자 *Hamleti, princi i vështire*』 발표.
2007년	프랑스어판 『햄릿, 불가능의 왕자 *Hamlet, ce prince impossible*』 출간.
2008년	장편소설 『사고 *L'Accident*』(프랑스에서 먼저 출간됨), 『잘못된 만찬 *Darka e gabuar*』 발표.
2009년	스페인의 아스투리아스 왕자상(문학 부문) 수상. 장편소설 『떠나지 못하는 여자 *E Penguara*』 발표. 프랑스어판 『잘못된 만찬 *Le Dîner de trop*』 출간.
2010년	알바니아에서 『사고 *Aksidenti*』 출간. 프랑스어판 『떠

나지 못하는 여자*L'Entravée*』 출간.

2013년 단편집 『12월 어느 오후의 빛나는 대화*Bisedë për brilantet në pasditen e dhjetorit*』 발표.

2014년 장편소설 『티라나의 안개*Mjegullat e Tiranës*』 출간 (집필은 1957~1958년). 에세이 『카페로스탕에서의 아침*Mëngjeset në Kafe Rostand*』 발표.

2015년 장편소설 『인형*Kukulla*』 발표. 프랑스어판 『인형*La Poupée*』 출간.

2016년 프랑스 레지옹도뇌르(코망되르)훈장 수훈.

2017년 프랑스어판 『카페로스탕에서의 아침*Matinées au Café Rostand*』 출간.

2019년 제9회 박경리문학상 수상.

2020년 노이슈타트 국제문학상 수상.

지은이 **이스마일 카다레**
1936년 알바니아 남부 지로카스트라에서 태어났다. 티라나대학교에서 언어학과 문학을 공부했고, 모스크바의 고리키문학연구소에서 수학했다. 1963년 발표한 첫 장편소설 『죽은 군대의 장군』으로 세계적인 명성을 얻었고, 이후 『꿈의 궁전』 『부서진 사월』 『H 서류』 『아가멤논의 딸』 『누가 후계자를 죽였는가』 『광기의 풍토』 등 많은 작품을 통해 암울한 조국의 현실을 우화적으로 그려내는 독특한 문학세계를 구축했다.

옮긴이 **백선희**
덕성여자대학교 불어불문학과를 졸업하고 프랑스 그르노블 제3대학에서 문학석사와 박사 과정을 마쳤다. 『잘못된 만찬』 『목마른 여자들』 『마법사들』 『흰 개』 『레이디 L』 『하늘의 뿌리』 『웃음과 망각의 책』 『울지 않기』 『랭보의 마지막 날』 『프루스트의 독서』 『책의 맛』 『알베르 카뮈와 르네 샤르의 편지』 『파졸리니의 길』 『노르망디의 연』 등을 우리말로 옮겼다.

문학동네 세계문학
떠나지 못하는 여자 — 린다 B를 위한 진혼곡

초판 인쇄 2021년 1월 27일 | 초판 발행 2021년 2월 17일

지은이 이스마일 카다레 | 옮긴이 백선희

책임편집 박아름 | 편집 송지선 홍상희 | 디자인 고은이 이원경
저작권 한문숙 김지영 이영은 | 마케팅 정민호 양서연 박지영 안남영
홍보 김희숙 김상만 이소정 이미희 함유지 김현지 박지원
제작 강신은 김동욱 임현식 | 제작처 상지사

펴낸곳 (주)문학동네 | 펴낸이 염현숙
출판등록 1993년 10월 22일 제406-2003-000045호
주소 10881 경기도 파주시 회동길 210
전자우편 editor@munhak.com | 대표전화 031) 955-8888 | 팩스 031) 955-8855
문의전화 031) 955-2655(마케팅) 031) 955-2646(편집)
문학동네카페 http://cafe.naver.com/mhdn | 트위터 @munhakdongne
북클럽문학동네 http://bookclubmunhak.com

ISBN 978-89-546-7698-4 03860

잘못된 책은 구입하신 서점에서 교환해드립니다.
기타 교환 문의 031) 955-2661, 3580

www.munhak.com

이스마일 카다레 Ismaïl Kadaré

'유머러스한 비극과 기괴한 웃음'을 담은 작품세계로 독특한 문학적 영토를 일궈온 세계문학의 거장. 한 시대의 사건을 이야기하면서 그 속에 전(全) 시대를 아우르는 현시대의 위대한 작가이며, 잊힌 땅 알바니아를 역사의 망각에서 끌어낸 '문학 대사'이기도 하다. 해마다 유력한 노벨문학상 후보로 거론되고 있다.

죽은 군대의 장군 이창실 옮김

발칸반도의 '문학 대사' 이스마일 카다레, 그 문학세계의 서막을 연 첫 장편소설. 제2차세계대전이 끝나고 이십여 년 후, 알바니아에 묻힌 자국 군인들의 유해를 찾아 나선 어느 외국인 장군의 시선을 통해 전쟁의 추악함과 부조리성을 폭로한다. 알바니아에서 발표된 직후 불가리아, 프랑스, 이탈리아 등 여러 나라에서 번역 출간되며 카다레에게 세계적 명성을 안겨준 작품.
〈르몽드〉 선정 20세기 100대 소설

돌의 연대기 이창실 옮김

전쟁의 광풍에 휩싸인 익명의 '돌의 도시'를 배경으로, 무구한 소년의 눈에 비친 비극적 현실을 카다레 특유의 유머와 환상적 이미지를 통해 생생하게 그려낸 작품. 일상을 무너뜨리는 폭격 속에서도 위트를 잃지 않고 끈질기게 삶의 의지를 지켜내는 사람들의 이야기.

부서진 사월 유정희 옮김

복수가 복수를 부르는 죽음과 전설의 땅 알바니아, 그 신화의 세계에서 펼쳐지는 비극적이고 환상적인 이야기. 피의 복수를 정당화하는 관습법 '카눈'에 의해 두 가문 사이에서 벌어지는 끝없는 죽음의 대서사시를 그렸다. 영화 〈태양의 저편〉의 원작소설.

꿈의 궁전 장석훈 옮김

카프카, 헉슬리, 오웰의 계보를 잇는 거장 이스마일 카다레의 풍자적 묵시록. 모든 사람의 꿈을 읽어내고 감시하는 전체주의 국가와 운명의 틈바구니에 끼인 무기력한 개인의 지옥 같은 일화가 펼쳐진다. 기이하고 유머러스하며 대담한 우화.